妒魔

李碧華

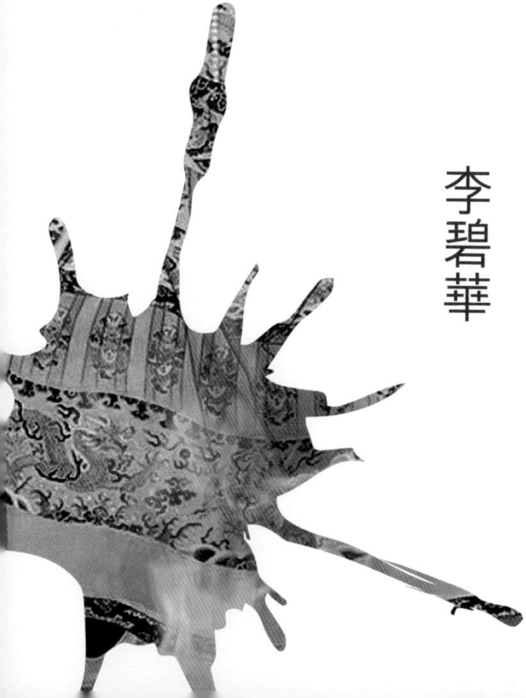

目錄

第一輯

模糊 7
妒魔 25
玩伴 69
夾你個頭 111
盲龜浮木 121
白虎 137

第二輯

凌遲 155
潮州巷 185

模糊

雖然是華燈初上時段，但百業蕭條的香港，哪還有甚麼「華燈」？不少店舖一到六、七點便已關燈——更多捱不過 2022 年，還是徹底關門結業。

吉叔這家紙紮店已做了三代，傳到他，不知哪一天會被淘汰。

入夜了，放下剛吃了一口的飯盒，店中來了客人。

吉叔當然不打烊，先招待着，生意多做一單得一單，而且在這時日仍有客人買那麼多祭品，怎敢怠慢？

根據中國人傳統習俗，歲晚祭祖謝天神、春節、清明掃墓、七月盂蘭、九月重陽……秋涼又冬至，一年到頭都有人拜祭，還有家中白事，少不了紙紮祭品。

「不要緊，你們慢慢揀，我是自己舖頭，開到甚麼時候都行。」又問：

「先人高壽？」

吉叔眼前這雙愁容滿面的中年夫婦，原來是為亡兒張羅的。

「何生何太，你們要的是比較時髦的東西，遊戲機手機最新型號是這些，今年疫情交通受阻，好多貨本來在大陸做，貨入不了，沒辦法。」

「這些也很合適，臨急臨忙，有甚麼要甚麼。」

何太哽咽：「至多過一陣再燒給他。」

兒子19歲，大學生，因心肌炎而死。

注射疫苗沒數天，他胸口翳悶日益嚴重，十多天後更火燒火燎，疼到身子蜷曲，臉容扭曲，發熱，半昏迷，還氣促、心悸，明明是花劍好手，送進ICU，但在深切治療部沒來得及治療，猝死了。家人晴天霹靂，而這死亡個案，政府一如既往般公告：與注射疫苗沒直接關係……

品學兼優？樂天開朗？還拍拖兩年……何生何太含悲忍痛怱怱辦後事，送他最後的禮物和心意。沒「經驗」，真心聽吉叔建議。

當然有衣、食、住、行各項。某些富戶會訂製飛機遊艇名車名袋，還有夾萬豪宅和一群漂亮的妾侍女僕……

「不過，年輕人有年輕人的心水，這一堆都OK的。」吉叔道：「還有『移民套裝』：機票、護照，看，有BNO有綠卡……、上網5G卡、迪士尼入場券、萬國火車票、信用卡和大量cash，可以自由自在周圍玩。」

何生何太擔憂：「移民了，我們還找到他嗎？燒嘢收到嗎？會真正『永別』了？」說着哭起來。

何太省得：「阿仔鍾意劍擊，想學張家朗咁贏個獎牌……」

何生緊摟着她：「好，師傅幫忙訂造幾把劍，下次燒給他。」

「真是廿四孝父母。」吉叔想。選好祭品，問清楚殯儀館交收日期，擾攘了大半晚，買賣雙方都是口罩遮蓋，面目模糊。

再精心設計、挑選，一下子便在火光中消失，化作灰燼。

病毒肆虐，防疫無方，生命脆弱不堪。慣見生死的紙紮舖老闆，反因在門庭冷清時忽然增加的死亡數字，帶來生意而振奮。

他坐下來，正待繼續那乾硬的晚飯。喝一口湯，湯早已冷了。心忖：「自己喚『阿吉』，是因出世後體弱，父親改名時，沖沖喜又淡化陰氣，大吉大利，命也硬一點。」吉叔自顧自一笑：「時代變了，這行業如一碗大牌檔的例湯，也就是『吉水』般充充數，淡而無味，不知哪日式微。」所以守得一日得一日。

正吃着，忽聞細碎異響。回頭一望，沒有人影。

詭異涼風中，待再吃一口冷飯。角落傳來翻找之聲，鬼祟膽怯。

只見一個佝僂的老婆婆，在挑選紙紮品。

吉叔又再放下飯盒，顧客至上：「婆婆，有乜幫趁？」

「我——想搵啲嘢。」

「我介紹一吓啦，燒給哪位先人？」吉叔見這位婆婆，一把年紀又瘦弱駝背，頭也抬不起似的，唉，奔波真辛苦。而且她看來環境不好，衣服又殘舊，初夏天氣乍寒也漸熱，還用不知是圍巾抑或舊衣抑或紗布廁紙，環繞脖子和半張臉……

他開始聞到臭味。

是腐爛的味道。

「哦，我給死鬼老公買些衣紙祭品——」

老區老店，吉叔怎會察覺不來？他們三代都與這個打交道，洞悉「不速之客」。「婆婆，」他問：「你死鬼老公多大歲數？」

「唔，都五十歲了——」

吉叔有點生氣：「你看來都有八十幾啦，他早就去了。呃人！偷嘢給自己用吧？」

婆婆被識穿，無法遮掩，無地自容。

「我們小生意，也需要成本，個個來偷，怎麼維皮？」

婆婆囁嚅：「我老公去時是五十歲，我捱到今時今日都八十幾了……我不是賊！我冇人送終冇人辦後事……我冇面！」

「冇面？」

她是真的「冇面」——沒有臉，大半張臉已經融掉，血肉模糊，五官不齊，還滲出污穢膿液，是「解凍」後的恐怖狀況。

「你點解搞成咁？」吉叔道。「好少見咁慘。」

「真係折墮！」婆婆挺住：「唉，唔同張床唔知被爛，講你聽，你唔信；同你去，你嫌遠。」

「你冇兒冇女就難免孤寒些。」

一言難盡。有兒有女的！

老公比她早死，幸好夫婦死慳死抵供了層樓。寡母婆捱世界，甚麼粗活幹過了：工廠、地盤、洗碗……捱大了子女，她也老了。

如同香港很多老人，七八九十歲了，子女長大、結婚、生兒育女，最後哄她賣了層樓，分了錢後送媽媽到護老院終老。

「護老院好呀，」他們說：「有房、有看護、一日三餐，我們有空又會來探你，同孫仔去飲茶……」

後來也少探訪了，因為疫情更加有藉口不來。後來，失去聯絡，電話也改了。後來，原來他們全都移民，一家到英國，一家到加拿大，沒留下地址。悄悄離去之前，最後功德是為老媽交了一年住院費用，之後便自生自滅。

她心知肚明。默默流淚。

護老院中的老人，一個接一個中了 Omicron（嚴重急性呼吸綜合症冠狀病毒 2 型 Omicron 變異株）——都不知是甚麼？老人都在打針、檢測、確診、送院……的軌跡中苟活。

老人們縱是失智、失聰、失禁、長期病患、行動不便、癱瘓、癡呆……他們心底必有一個角落，是遺忘不了的——即使被遺棄，但自己沒遺棄自己。

婆婆記得很久很久以前，某夜，兒子高燒102度，她慌張又堅強地揹他去急症室；又有一回，女兒撿到一隻流浪狗，耳朵好長，拖垂在地上會絆倒自己，母女二人夾手夾腳用舊布碎做個耳箍保安全，給牠扮靚靚……子女大了，都忘了，老人腦退化忘記近事近況，但遙遠的前塵，反而印象很深。

「我已很久沒見他們了。」

第五波疫情爆發時，究竟有沒有打針？打了幾針？她懵然不知，只知某日由救護車送院，床位爆滿，現場已有不少老人或坐或臥苦候，急症室外包括空地和停車場等，搭了臨時帳篷，簡陋又透風，天寒地凍，保暖毛氈不夠，只能用錫紙包着病體，都在瑟瑟發抖。各大醫院數十甚至數百人風餐露宿乏人照顧，因醫護人員受移民潮影響，嚴重不足。到有床位了，原來是「與屍為伍」，還未死的人床底，堆了用屍袋包好的屍體……

「不久，我自己也成為屍體了。」婆婆道：「死我不怕，我怕後來的折磨！」

疫情失控，防疫失敗，期間有九千多人死亡，大部份是長者，不知是病死、凍死、併發症抑或失救？

吉叔從新聞報導得知，當時醫院太平間客滿，被逼「屍疊屍」擺放，還臨時將貨櫃改裝成冷凍室停屍，溫度不足，情況混亂，又因棺木缺貨，染疫死者難以出殯，堆積久了，遺體加速腐爛，尤其是無人認領，無人辦理後事的，就腐爛到一塌胡塗了……

本來死亡後蒼白、僵硬，但冷藏不周堆放太久，會壓扁、脫皮、變形，不但大多數器官液化，產生氣體，腫脹破裂致「融融爛爛」，發臭，出現紅、綠、紫、黑等顏色……婆婆的五官，已扭曲融化變質，連自己也辨認不來了。

這才是真真正正的「面目模糊」。甚至有屍體被調轉了也不知道。

「我都冇人理冇人執，不會出殯，別說擔幡買水瞻仰遺容——火化之後不知是否埋在公墓？抑或灑落大海？我不知也不想知，一走冇回頭。」

——不過，她仍希望上路時，有個體面的口罩遮一遮，令她有點尊嚴。

「我已冇老公冇兒冇女冇親人冇朋友，捱到八十幾歲，想走得好好睇睇，乾淨企理。」

「婆婆，這個防疫套裝有消毒藥水、搓手液、『安心出行』、新冠疫苗、紅外線探熱槍……當然有口罩，不過得幾個。」

「其他我冇乜用，唔好嘥，我只要口罩。」

「口罩沒有單賣的，我可以拆開給你。」

看亡魂對口罩的執着，殷切需求，不免想到這兩年多以來，香港人不但習慣了口罩，依賴着口罩，還當作是另一層皮膚了，如果一天沒戴口罩，等於脫了皮露了餡，又隨時中招，好不自在。

是防疫抗疫意識根深蒂固？還是市民高度自律的安全感？

在車廂內咳嗽又不戴口罩，會被人罵被人打的。

某日晚上時份，港鐵屯馬線列車忽有二人起衝突大打出手，黑衣漢和灰衣男都身材健碩還施展格鬥技術，灰把黑「過肩摔」撻在地，黑重擊灰的頭臉，乘客嚇得紛紛走避及按緊急掣通知列車車長……

誰也料不到——激烈戰況後，一人口罩被扯脫，對方還大聲「提醒」：

「口罩呀，仆街！」

好傳神也好荒謬、搞笑。

可見不止婆婆，人人都對之至死不渝。

三五個怎麼夠用？

「呀！有了！」吉叔忽省得，忙打開店內一個櫃子。

「我這裏有一盒，是個女買給我的，KF94，韓國製立體口罩，好寬敞好舒服，不怕焗也不會漿住口面，我送你啦。」又加一句：「一盒50個，你頭七用到尾七都夠！」

「不是紙紮的啊，有用嗎？收得到嗎？」

「唏，口罩是紙做的，根本也算紙紮品，燒給先人一樣收到，我是專業，信我。」

吉叔又一併執拾了一些金銀衣紙、四季衣裳和冥鈔，當中還有超大額的「壹仟億圓」陰司紙，一大份。

「婆婆你這次大去，應是人禍大於疫災，有點冤枉，官字兩個口，很難追究。」又道：「你的仔女遺棄也對你不起——」

「算帳？算啦。」她沒甚麼表情，也許是已經模糊一片了：「到哪找？找不到，找到也無謂。」

吉叔也不便多言。

他捧起這份祭品，還有一盒 KF94 口罩走到後巷，燒給婆婆。

她道：「阿叔，不用金銀了。」一個勁推卻，鬼也有鬼的尊嚴。

吉叔執意：「要來傍身。」

乍遇乍別，也要送她：「你叫什麼名字？」

「我叫鄭珮芳。」

婆婆忙補充：「那個『珮』是『玉』字邊的。」

吉叔想：每個小孩在父母眼中都曾是碧玉、明珠呀。

又問：「生卒年月呢？」

婆婆記不清楚：「忘了。啊，我屬虎，好硬淨的！」

吉叔查一下萬年曆：「唔——那是1938，戊寅。今年過不了本命年。」

……後巷火光中，婆婆終於得到人間厚禮。

「好靚呀！」她拎着口罩：「可以遮晒大半邊面，我好鍾意呀！」

老人家真易開心——可惜肯哄她們開心的人不多，即使是親生子女。實在欷歔。

「阿叔，多謝晒！多謝晒！」她道：「你不要把我的事放在心上。」又不知安慰他還是安慰自己：「仔乸嘅嘢：子不嫌母醜，母不嫌子臭，冇隔夜仇更冇隔世仇，唔嬲嘅，一下子就唔記得嘞。」

這個年紀這個身世，不但面目模糊，意識模糊，痛苦模糊，愛恨、恩怨、回憶……一切，都不分明了。

「那你好好上路吧。」

他太明白了。

你我來時一個人，走時也是一個人。

所有紙紮祭品都是虛幻的心意。

人生，不管愛憎親疏記忘，來此一趟，就是不斷地「目送」各人的背影，作別後亦不知落在何方？

吉叔目送婆婆，寬容遠去……

妒魔

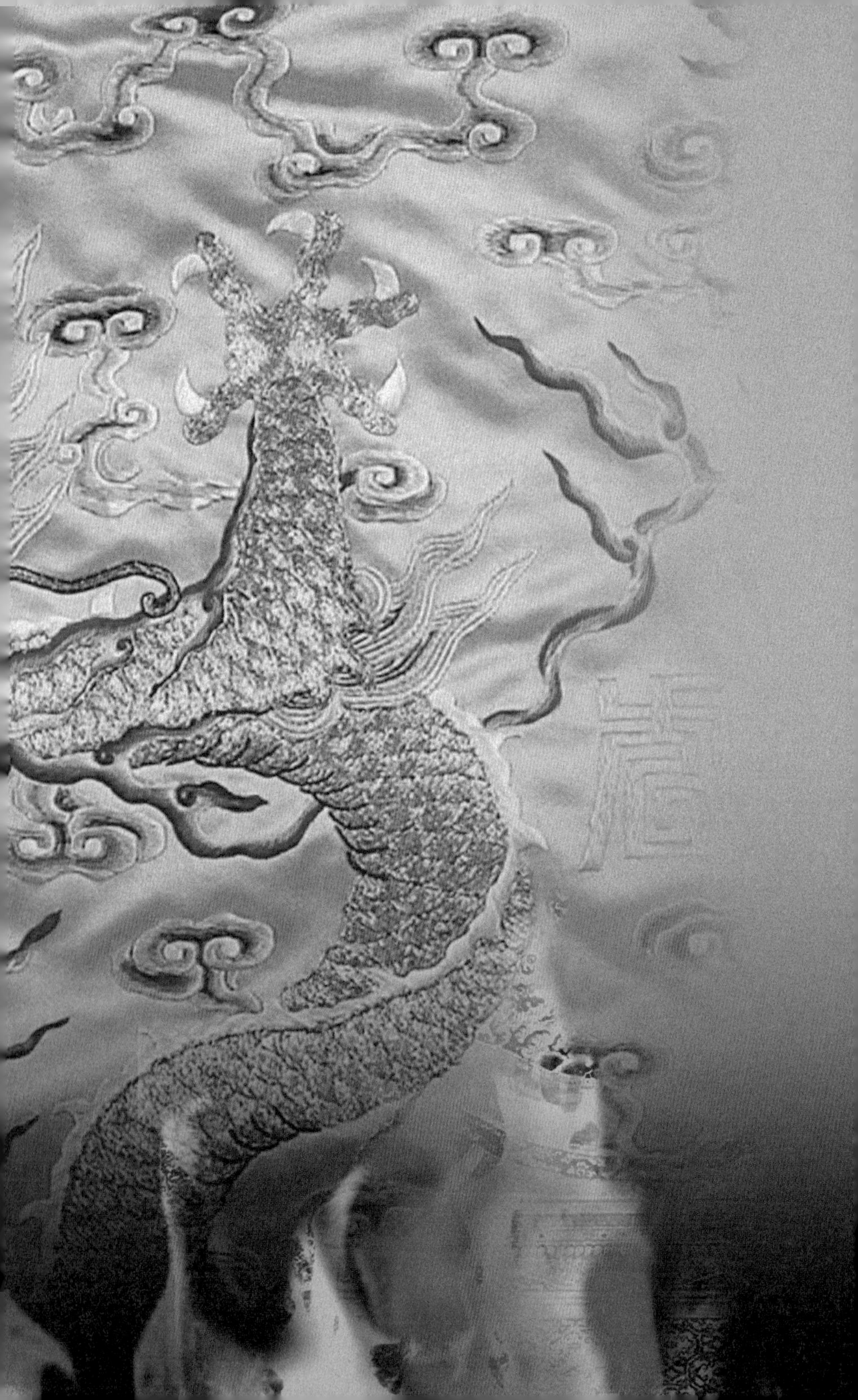

常州，位於江蘇省南部，地處長江三角洲，京杭運河穿城而過，不但交通發達，是魚米之鄉，還出了不少奇俠。

他是常州白家橋人，祖上是望族大家，他自幼輟學，勤於習武，練得一身好功夫，聲名遠播江湖皆曉——但他得改名換姓，四海為家。

為了避劫。

清雍正年間，「江南八俠」的出現，令朝野警覺，在位者當然日夜嚴防、打壓反抗者，民間卻甚期待，能人異士奇俠劍客，可直殺朝廷鷹犬及暴君，還我大明江山。

志願是志願，現實是現實，經過二、三百年，歷史告訴大家，中國由滿人建立的一個大一統朝代，並為中國歷史上最後一個帝制王朝，從1644年入主，至1912年被推翻，建立民國為止，共268年，傳10帝。

每一帝，每一年，每一天，都擔憂王位被篡，江山不保，所以不但兄弟手足相殘，還對身邊文臣武將疑忌不信，寧枉毋縱，刀光劍影，血腥殺戮，掌權者無所不用其極。

八俠之一的他，已離開家鄉七、八年了，浪跡江湖也幹過不少粗活，賴以維生，如今他仍使用一個假名：「常練」——人們喚他「常大哥」，他心底是「練」：日夜練、暗中練、新舊練，就是不死心，不肯讓武功荒疏，淪為平庸順民，如此過了一生。

終有一日，常練可以回復本姓本名，大幹一番，為民除害。

他何以遠走他鄉？還着妻兒隱藏身世？是為了避過劫難。

雍正帝深謀遠慮，命「黏竿處」組織了一支特務暗殺隊：「血滴子」……

常練與兄弟馬山（也是改名換姓的義士），同離鄉別井流亡七、八年，見風聲稍緩，這天也打算回家一見闊別已久的妻兒。

他倆在午前到了常州城外一家小館子，盤算着各自疾走趕路也得黃昏才到，所以相約先填飽肚子補充精力。點了常州，江浙滬一帶頗具盛名的：三鮮餛飩、大麻糕、銀絲麵，少不了名菜糟扣肉，還有日夜思念的天目湖砂鍋魚頭，熱騰騰，湯汁乳白，就一個「鮮」字！

常練對馬山道：「兄弟，記得那血滴子的威力嗎？想不到放逐天涯現又可回家了。」

「出自清狗黏竿處，聽來文氣，誰料殺氣騰騰。」

「黏竿處」，本稱「尚虞備用處」或「侍衞班」，為皇帝出巡時之侍衞。到了雍正掌權，表面上陪伴皇帝娛樂、放鷹、捕雀、射鹿……還有當雍正打坐靜修或批閱奏章時，不欲被蟬聲打擾，命侍衞持「綁着黏布的長竹竿」，把皇宮中大樹上的蟬，一一黏貼下來處置。每年整整一夏，大自然生態中的蟬鳴，由自由噪聒，到噤聲消失。

「黏竿」是一個表面上維靜動作，實質是一個滅聲滅口滅跡的情報機關，血滴子就是由黏竿處高手創製的暗殺兵器。

「那時此神秘兵器都眾說紛紜，百步之內，對手毫無防備之下，腦袋就被取走了？大家不信，見識過厲害的人又因死去無法作證。」

「被奪命的兄弟也真不少。」常練道：「幸得他們捨身掩護，我才可逃脫——我一定要伺機報仇！」

「這不，再聞風喪膽的暗器，也會被破解的……」

用「聞風喪膽」來形容血滴子，其實也「慢」了。因這暗器一出手，是無風可聞也無法防備的，在電光石火之間，死了也不知道。

血滴子形貌是一鐘形笠狀的罩子，頂端繫有索鏈，罩子開口外沿環佈着一圈鯊鰭狀鋼刀，當殺手把它拋向敵人，像飛盤不斷旋轉，如會飛的圓鋸，利用索鏈控制方向、目標、力道，一旦敵人頭顱被罩住了，操作時猛力一合一收，立馬取下首級，提返回手中，又幹掉一人，來不及反應已身首異處，那人頭猶帶一點驚愕，表情凝在一剎。

血滴子初出爐，根本人人束手無策。

「當時有人想到，在脖子上以鐵圈加固加硬，不易軋斷，身首分為兩處。」馬山回想：「但因負重還妨礙轉頭，影響活動戰鬥力。」

「也得用命換回失敗的經驗。」

常練其時，花盡心思，積極試驗……

夏天過去，秋天來了，寒冬又到……年復一年，梟雄暴君雷厲風行，濫殺無赦，不但人人噤若夏蟬，噤若寒蟬，總之天下再也沒有蟬鳴了。

——猶幸總有人出於良知，激於義憤，不畏強權。特務機關也有背叛者，揭露其中奧秘，助義士一臂之力。

「還得謝謝郝老七。」

郝老七自大內密訊，指示研製：以鐵傘來剋制血滴子，當罩子迎頭攻下時火速張開鐵傘，鐵骨卡住血滴子，然後反彈給殺手，鋒刃反取了對方首級。一時間暗殺隊伍自食其果，一一歸西。

「唉，那又有什麼用？」馬山歎道。

當然，像馬山那樣的人比較悲觀，也欠一點衝勁。他臂力驚人，武功過人，只是一回戰鬥中傷了一目，左眼不大好使了，所以義士群組中不派他上前線，怕瞄準度不高，誤己也誤人。

即使當了二三把手，馬山仍一腔熱血，對兄弟重情重義，常練對他好，因自己身手不凡足以照顧身邊的人，二來，亦沒把馬山放在眼內——自己永遠是兄，馬山等人永遠是弟，就是「兄弟」。

馬山歎氣：「破了血滴子，也有層出不窮的大內暗器，一人號令，天下的狗都趴上去出謀獻策，斬草除根。我們極其幸運，才保一命。」

常練仍有隱藏之雄心壯志，他也明白難關之最，是勇闖深宮殺狗皇帝——這得看機緣看時勢……

當年以鐵傘功破血滴子，他們有功勞也有苦勞，而且上陣亦生死一線。破了血滴子，還有意想不到的暗器，馬山說得對。

「還有袖箭、吹箭、匕首、飛鏢……全皆餵毒，見血封喉——這點我們有心理準備。」常練道：「不過血滴子『聲色俱厲』，本以架勢取勝，速提首級如探囊取物，震懾力強，難怪雍正盛怒，真大快人心。」

作為天子，竟遭「內奸」背叛？還讓逆賊得出破解之法？當然顏面無存，勃然大怒。

自己黏竿處隊伍出了內奸通敵，揪不出來，或遠走高飛流亡四海，或殺身贖罪免牽連他人，總之雍正恨得跺足吐血。找不到眼中釘，全部都是眼中釘！

心存疑忌，一個也不可信！

常練在地上灑了水酒：「祭祭捨身取義的郝老七。」

——不過同路人是祭之不盡的。

被背叛一役，雍正當即下格殺令、連坐令、誅九族令——整個血滴子團隊每一人及其家人親友，均格殺勿論絕除後患，媚主邀功之鷹犬、大內高手，還有設計圖、研製升級之兵器……一件不留。所有提及、寫過此事者，也遭處決。

多疑善妒心狠手辣的雍正，江山是如何打下來的？

父王康熙駕崩前幾天，喝過他送上一碗人參湯；母后烏雅氏對他殺害、囚禁、放逐兄弟而奪得帝位，沒半點喜悅，反而不屑、怨恨、雖然對那把遺詔中傳位「十四子」被竄改為「于四子」之傳言絕口不提，但處處唱反調，不配合，拒絕新帝的行禮，勉為其難地當上皇太后，仍堅決不肯由永和宮搬遷到寧壽宮去，直至病死。

對父母如此，「九子奪嫡」當然是他偉業。記得康熙存活下來的兒子有24個，其中9個參與了帝位爭奪：大阿哥、二阿哥、三阿哥、四阿哥、八阿哥、九阿哥、十阿哥、十三阿哥、十四阿哥，爾虞我詐各懷鬼胎明爭暗鬥，結果是四阿哥胤禛勝出，謀母弒父手足相殘，雍正登上最高權位寶座。

雍正最妒恨什麼太子黨、三爺黨、四爺黨、八爺黨……或人才濟濟，或人緣比他強，或團結能力比他高，宮中爭鬥，步步驚心，稍一鬆懈，略為仁慈，放寬半分即退無死所……

宮廷與江湖，都是血雨腥風，秋後算帳，歷朝帝皇以言入罪，務必清除異己。

俠士義士若不流亡，就得「翹辮子」。

常練把辮子盤在額頭，上路了……

常練和馬山從小習武，長辮子總愛盤在額頭之上，一來天氣熱，免黏答答，二來防礙攻守招式，與敵方對決時亦易為人「揪辮子」攻擊取勝。

其實心底對此根豬尾巴深惡痛絕。

這是強迫性的「剃髮令」（「薙髮令」）。漢人重視髮式衣冠，但滿人傳統是剃髮留辮，在 1644 年（明崇禎十七年），闖王李自成率領大順兵攻陷北京，崇禎帝煤山上吊自殺，將領吳三桂賣國賊協助清兵入關，滿人治下，即推「留頭不留髮，留髮不留頭」強令，迫漢人剃髮、留辮、易服，並對不肯依從者鎮壓屠殺，血流成河……

政策實施不但是征服者對被征服者的威嚴，還區分服從者與反抗者，馬上識別，方便統治。且對漢族生產技術、文化水平、社會制度、民心團結等充滿嫉妒、恐懼，長期擔心謀反叛逆，在各方面「同化」之，否則滅

絕之。

常練與馬山飽餐一頓，各自踏上「回家」之途——這「家」亦非安居之所，因為人人頭上仍有一把刀。

馬山家鄉在無錫。二人作別，馬山對常練道：「兄弟，這回一別，不知何日再見？」

「一定再見，我們先養精蓄銳，招攬年輕義士，再圖後計。」

「我請托多人，告知妻兒先忍守為重。」

「是的，我也輾轉相告，妻子讓兒子習武強身，別習文迂弱，而且讀書識字，後患無窮！」

掌權暴君大興「文字獄」，對知識份子迫害，從其著作、文字、發言，羅織罪名重罰、處決，動輒千萬人受牽連。

他想起了滅門孤女——呂四娘……

四娘是呂留良的倖存孫女。

呂留良出身士人，生於明末崇禎，卒於康熙永曆。本已作古，何以在雍正文字獄案件，慘遭滅門？

這要說到他一生耿直，不甘事二主的情操。自小博學多藝，又有嗜硯之癖，不過是手無寸鐵之文人，但順治年清兵南下，呂留良聯同侄子參加抗清義軍，後敵不過強勢，還得親送侄子上刑場——死刑犯雙膝跪地，頭頂拖着一根長辮子不好砍，劊子手一人將其辮子高高提扯，另一人看準下刀位置，「咔嚓！」一下，噴血腦袋滾到一旁。

「翹辮子」比喻殺頭極刑，這是清朝的專利。

呂留良曾道：「先帝煤山上吊，天崩地拆，神人共憤。」

誰知若干年後，他又在清狗跟前送親人一程，哀歎：「咯血數升，幾乎氣絕身亡。」

他流亡、落魄、曾為參加科舉而後悔、拒徵召、致力著作出版、專心刻印朱子（朱熹）哲學遺書、傳授生徒……為避朝廷一再徵辟鴻儒，不得已削髮為僧，號「何求老人」。自嘲：「只是一個村野酒肉和尚而已。」

康熙二十二年卒於家中。

這一生也就完了？

不，雍正的「文字獄」在等他。完全是隔代狙擊。

雍正年間，湖南人曾靜，閱讀已故呂留良著作，大受激動，曾遣門徒遊說川陝總督聯手反清，被告發，下獄……

雍正遷怒於呂留良文章煽惑，罪大惡極，「較曾靜為倍甚者」——就算人已死，亦剖棺鞭屍戮屍，震懾文人。

想不到孫女四娘僥倖逃亡，成為一代英雌……

呂家三百餘口滿門抄斬。四娘因習武在外，噩耗傳來馬上孑然一人覓地藏身。誓言「不殺雍正，死不瞑目」。

她使霜華劍，擅玄女劍法，曾拜獨臂神尼（明長平公主）為師，亦得大俠甘鳳池傳授武功。

常練在隱姓埋名避劫前已認識，眾人還聯手殺死八俠中的了因和尚，因他被朝廷收買，當了鷹犬，出賣兄弟手足，還恃勢淫虐婦女。雖力大無窮且練就金鐘罩，終也被破死穴：雙目、穀道（肛門）、腰眼、腋窩，重傷後被砍下首級。「江南八俠」來自江湖，不是一個團隊或組織，只憑俠義為懷向清廷惡勢抗爭。合作之後亦各自行事，再圖後聚。

常練身手敏捷，善跳躍，輕功了得，眾人誇他：

「大哥身手比猿猴還靈活，飛簷走壁千里追蹤，輕而易舉。」

他與呂四娘沒交集，反而妻子是生死追逐追回來的。

常練在常州有名俊朗風流，年輕時亦浪蕩採花，積怨而不自知。

某日獨行至太行山東部井陘道上，夜裏迷路，徬徨之際見不遠處有間茅屋，還殘書「客店」二字，想是荒棄了，藝高人膽大，推門借宿，裏頭的床帳、竹几、蠟燭、紙窗等，都是殘留。他大喊：「有人嗎？投店來了！」

沒人回應。常練枕着單刀躺下休息。

月色如水，有人影如鳥，穿過破瑟瑟的紙窗而入，雪亮的鋼刀斬向床頭。常練來不及抽刀，只好向床內滾避。對手利刀一剁深入數寸。常練發現：對手是個女的，來者不善。

「淫賊！你跑不了！」

一聽「淫賊」二字，常練心知必是採花風流債，有人仗義為姊妹報仇。

雖是採花賊，常練亦自詡好漢，「好漢不吃眼前虧」，何況這女的勇猛，刀法也高明，目下什麼都說不清。常練施展獨門輕功，跳起來穿破屋頂，撒腿飛奔，女的緊握鋼刀窮追不捨；看來必然立地正法為民除害。

一男一女，在月黑風高寂寥夜晚，竟展開了鍥而不捨的生死追逐，一直跑，一直追，都不是省油的燈，如此這般，奔波數十里。

天微亮。兩個人體力漸漸耗盡，不支倒地……

未幾常練先行蘇醒，那女的還半昏迷，手中鋼刀仍緊握不放，心志甚決：不是你死就是我亡！

常練尚未恢復體能，只運盡全力舉起他的命根子寶刀，朝女方劈去，以結束這「生死戰」——可是晨光熹微中，他的刀凝在半空，斬不下去：女的實在太美，身手不凡也是一塊好材料，殺了豈非糟蹋？

心想：「自己是好色淫亂在前，怎麼說也理虧——除去這一道，亦俠士一名，應秉公義解決。」

要殺的是清狗，不是漢人同胞。

常練扔下寶刀，找到一條小溪，捧水回來餵喝，救醒女子，還待在一旁守候，直至她回復意識，也回復怒氣——不，她坐定後，發現全身無異，冷觀此男，甚為俊朗，忽成正人君子？並無風流自恃？說來奇怪，她對他產生另一種感覺：「他該下手殺我卻沒下手，手下留情，難道是天意？」

當然是天意。

凌雲雲沒想到，她不但成為他的妻子，還治好他拈花惹草的毛病，洗心革面，死心塌地愛上他「千里追殺」的敵人，還生下一個白胖兒子——更沒想到的，這孩子竟是他的剋星！

猶記當年憑良知背叛暴君的「內奸」相助，破解血滴子，但惹來剿滅大禍，爭相逃亡以避。

常練抱着他不到一歲的兒子，親了又親，孩子稍懂人性，巴搭巴搭的眨着雙眼，晶瑩淚珠奪眶而出，他更捨不得了。

摟緊愛妻，叮囑：「孩子骨格精奇，聲如洪鐘，日後要習武，成大師，起碼強身健體能抵外侮，習文多成階下囚……」

「你在外萬事以平安為重。」妻子淩雲雲放下鋼刀拎起廚刀，當賢妻良母的日子不長。

「你們也隱居、自保。」又道：「風聲一懈我即回家團聚！」

三人不肯放手。

常練一再強調：「記得孩子爹是誰，幹過什麼大事——但千萬莫向任何陌生人透露半點，免遭暗算！」

終須狠心一別。

這一別，也七、八年了。

這年頭，民間的孩子存活不易，都怕株連。

宮中孩子也不永。

紫禁城中七十多口井，井水是沒人敢喝的，只供洗衣、滅火。帝后妃嬪宮人……全喝玉泉山上運來的泉水。

宮廷鬥爭錯綜複雜，有人悄悄往裏投毒，或投井自盡，或被殺害；失寵的女人、受欺淩的小太監、流產胎、已下地但不讓長大的嬰兒……

雍正共十子四女，但當中有年二歲、三歲、八歲、十一歲……幼殤，有些「未序齒」，早夭連按年齡大小順序依次排列的資格也沒有。

是雙手沾滿鮮血的報應嗎？

晚上雍正又作噩夢了，冤魂一個個伸出雙爪：「還我命來！」

沒有丹藥的薰陶迷醉，他是不敢睡的……

雍正夢中索命的冤魂太多了：兄弟、功臣、大將、老師、鴻儒、高手、反抗者、平民百姓……甚至親信。

奪嫡對手固不放過，但擁戴自己的四爺黨，即位後亦不信任？所有令他起戒心，影響唯我獨尊的人，不是殺便是囚、重囚、囚到死，或發配寧古塔，熬到死……最終都是冤魂。

鳥盡弓藏，兔死狗烹，過河拆橋，卸磨殺驢——除掉威脅的可能性，只因一個字。

「妒」。

妒，由於他人勝己，令你忌憚怨怒，並以各種方式摧毀或據為己有，強烈的妒有攻擊性，最強烈的妒，引起殺機。

看不得有人比你好、比你美、聰明、有成就、際遇好、人緣佳、底氣足、受愛戴、手段高明、得民心……可取你代之。

妒，真難受！如萬毒鑽心，如猛火焚身，如每一刻都有尖錐在天靈蓋戳刺……

人有四大心魔：「貪」、「嗔」、「癡」、「妒」，貪婪無度、憎惡怨憤、癡頑執着、眼不容沙，形成業障，在一念之間。

「妒魔」無處不在，充斥千萬年間世上每一角落。

當宮中皇帝半昏半睡逃避血影時，民間的常練已在趕路中。人道「近鄉情怯」，但他歸心似箭，妻兒寶貝暌違七八載，不知近況如何？是否記得自己？浪跡天涯，還得回返故里，山川依舊，景物無變，人變了嗎？

白家橋西近茂春村，正待喝點溪水再趕路，只見一個小童在路旁練功，先是跳躍翻飛，落地馬上發掌，掌到處火花四濺，一塊大石應聲而碎……

常練見他年紀輕輕身手了得，當下就在一邊旁觀……

只見小童擦擦汗，便取過一把鋼刀，準備練功。

常練問道：「小哥功夫不錯，是誰家弟子？」

「沒拜過師。」他答：「都跟家裏人隨便玩玩。」

「你叫什麼名字？」

「我喚康兒。」

這康兒雖帶天真，但頗踏實穩定，不似其他頑皮小孩，真是塊上佳武材，不禁又問：「你習武多久了？」

「才沒幾年。」

正想再問，小童記得母親教訓：「我兒少同陌生人交談，那怕是看來疲弱善良，或者爽直愚魯，或者路過搭訕……記着，對任何人，別提家裏事，也別提父親名字，只道是種地的。」

這茂春村深藏不露的女人，只是個農婦，夜來指導孩子閉門練功，白天則選無人到的山村溪畔石子路邊，天天苦練，沉默負重，比誰都懂性。

他兩三歲起就練馬步拳腳，一點也不怕累，及至如今近十歲了，輕功、氣功、刀法……母親調教傳授，苦心栽培，將來有一番成就。

常練還是打聽：「康兒，你姓什麼？」

「姓林。」

哦，姓林。又問：「父親可習武？」

「他種地。」小童答：「大叔我收拾先走了。」

小童不再理會陌生人，可陌生人五內翻騰：「這孩子年紀小小，竟就有此功力，再長幾年，必在我之上——」

心念電轉，小子天賦精靈，而且觀體格，肯定勝過年歲大的前輩，論輕功更矯捷了，長大成材，江南還有自己立足之地嗎？一個逃難荒廢空有大志，一個蒸蒸日上前途無限，早晚會被超越，被打倒，被取代……想到此，妒火中燒……

常練忙叫住已轉身離去的康兒，別看他是小童，亦步履飛快。聽到常練喚道：

「小哥別走，我們切磋幾招好嗎？」

近身過招知虛實，與「切磋」無關。

但康兒不理，心忖：「一個陌生大漢要同我交手，莫非不懷好意另有目的？是清狗來尋仇的？」

記得母親叮嚀，康兒更不欲久留，以免暴露身世，旋展輕功腳步更快——誰知被妒火燒得失去理智的常練，一來忌憚後起之秀騎在前頭取而代之，他那俠名就成了「過氣」，且小子完全不把自己放在眼內？不分長幼尊卑？只一念之間：決不放過！

他愈喚，他愈走。

常練一口妒氣嚥不下，即以輕功如箭般超過康兒，在他面前收足立定

以截去路。

康兒亦甚機智，不往前走，火速轉身往回奔逃，希望避過挑釁，避過一劫。

但他避不過——

常練急得惡念偏生，也不顧武林道德了，非逮住不可，忙運起內功向小童背心一轟，洩去他的功力，使其內傷，難以稱雄。

心急，手重——小童應聲內臟俱傷，口鼻噴血，不支倒地。

臨死前，他回頭向常練怒罵：

「狗賊害我！我爹白泰官回來定找你報仇！」

我爹白泰官？

白泰官？

白泰官？

——這就是逃亡避劫的常練，本來的名字！「江南八俠」之一，他竟因妒親手殺死自己的兒子？

如着電殛，五雷轟頂！

「常練」，不，白泰官急忙上前抱起小童，他唯一的兒子，急忙運氣，希望可以緩住內臟血氣亂竄潰壞之速，爭取延命……

但自己功夫好氣道勁，一掌已出，稚子再精壯，也受不了背後突襲——也許白泰官不是想殺了他，只是廢了他，一個廢人，再也無法成為自己妒忌的「眼中釘」了。

眼前不是釘子而是鮮活的下一代，已氣絕身亡。白泰官摟抱、搖動，一再探鼻息……把康兒擁在胸前，在血污中懺悔，仰天長號，撫屍慟哭：

「康兒！康兒！害死你的，就是你爹白泰官！」

說是誤會、宿命、因果、錯手……統統不對，正是「一念天堂，一念

地獄」。世有恃強凌弱，不過忌憚那弱的有機會翻身比他強，自己先下手為強。何止有權有勢在位者？政壇、武林、文壇、商圈……甚至每行每業每個人，不分貴賤賢愚，心中一角必藏伏一頭惡魔，不發作猶可，一發作後果難料——白泰官就最料不到了。

本來去除妒魔，誰家孩子也是「接班人」，好生栽培扶植後輩選賢與能。但不肯交棒拒絕接班以求永續的，比比皆是。

那怕是義士，終也因妒殺子淪為「不義之士」。妻子凌雲雲知悉噩耗，趕來時不但返魂無術，面對日夜思念誠心苦候的俠士夫君，更加無言。日後中間隔着孩子的鮮血和生命，如何相處？

「不過了！」

凌雲雲也是武人，悲痛至極，再無指望，二話不說就在兒屍旁以她家祖傳鋼刀自刎而死——是訂情之物，也是傳兒之寶，如今送自己一程。

白泰官跌坐地上，如晴天霹靂下的斷樹，再也支撐不了……

……好長一段日子，痛失妻兒的白泰官變成另一個人。

他有江湖兄弟、徒兒，平民百姓也敬佩的功績，但，他失去了至親的兒子。

回想前塵——才是精壯之年，怎麼是「前塵」呢？他去除淫賊、教訓賭徒、曾以「辮子功」卻敵、破解過「血滴子」、且聯手解決了投清的了因和尚……

「江南八俠」，位位武藝高強：了因和尚、呂四娘、曹仁父、路民瞻、周潯、呂元、甘鳳池和他白泰官，雖非齊名，來自五湖四海龍蛇混雜，中間有名聲武功高低之分野，部份在響亮過一陣後，也就沉寂了。

可他白泰官總是名列在前，他避劫逃難，改名為「常練」，就是鞭策自己勤練不輟，發奮向上，再圖後計，再闖一番功業，在反清抗爭的行動

上，再接再厲。一個「再」字，江湖兄弟也同此心，馬山就是隨傳隨到的助手。甘鳳池、呂四娘想亦蓄銳待發，希望主宰命運……

「我已失去兒子，失去愛妻，還有什麼可以再失去呢？」

而且各精一藝，各有所長，團結才是力量。

話是這樣說，只是整個人空虛頹敗，忽地因妒毀家，代價太大，悔也無用，恨也無用。人，往往輸給一念之差。

當白泰官靜療心魔之傷，空洞乏力形容枯槁同時，宮中也有人身體出了狀況，卻強掩真相，瞞騙天下百姓。

雍正恃帝力，宮中一直養着好些煉丹藥的方士，他們舌燦蓮花又擅觀貌辨色，迎合上意。雖非野道士，到底世無「仙丹靈藥」，只有追求強體長生永續帝業的掌權者信了，還賜鄂爾泰、田文鏡等大臣「試藥」……

不知何時開始，雍正怕死——他輕易奪取他人生命，賤如草芥，包括兄弟，都不當人，下令改名「阿其那」、「塞思黑」，不用本名，表示「豬狗不如」。連兄弟也不堪屈辱折磨酷刑重囚，一一英年逝世，甚難苟活，何況其他人、任何人？

別人要死便得死，這是「專制」；他自己開始怕死，才是「人性」。

他已不滿足於依時服用進奉的大補之藥，索性在圓明園養方士煉丹，經常運進大量柴薪和神秘的材料、金屬元素……

自己用，還「賜予」大臣以示皇恩。稍作進諫雍正便批：

「此丹修合精工，奏效殊異，放膽服之，莫稍懷疑，乃有益無損良藥也，朕知之最確。」

大臣尤其是重臣，面面相覷，不敢不試。

「皇恩浩蕩，還是聽令。」

「可是——萬一——」

「試即慢逝，拒便即死。」他們都明白主子唯我獨尊，而且冷酷無情。他認為是好東西，臣子奴才不敢說不好，只得人人附和順意，表示十分有效，堅定了雍正「延年益壽」的信念。

雍正曾有一副對聯：

「唯以一人治天下

豈為天下一人奉」

橫批：「勤政親賢」

世人稱道他「勤政」，但現實中他追求「一人」——他是真正的「孤家寡人」。45歲才登上寶座的雍正，經歷慘烈狠毒的鬥爭，對兄弟親屬大清洗，以維護自己的權威。他得位不正，心虛易怒。某一夜，他傷神過度，驚覺自己看不見了——

這「看不見」，不是權勢障目是非不分的盲，而是真的看不見。

突然眼前一黑，短暫性失明，無法視物，令帝恐慌急傳太醫、馬上休息、醫物食療……當然後來也復明，但對雍正而言，他體質不好，還生過大病，身體每況愈下。

堅持親自處理大小政務，就親筆手寫朱批奏折已達三萬多件，有數百字、數千字……平均每天寫上八千字，工作過勞，眼睛更不好。

清廷為雍正製作眼鏡極多，他登位時四十多已開始老花了，所以眼鏡到處擺放，大殿、乾清宮、弘德殿、圓明園、內廷四宜堂如意床上也少不了，並愛伸手即取賞賜大官：「朕所用眼鏡一副賜卿，未知可對眼否？若不對，不必勉強，隨便交回，朕另頒來。」——誰敢説「不對眼」？還「交回」？

當然馬上「叩謝隆恩！萬歲萬歲萬萬歲！」了。

雍正不懂驗眼配鏡各有度數，只是分為「三十歲」、「四十歲」、「五十歲」、「六十歲」、「七十歲」等幾個等級——可他活不過六十。

日夜費神不假手於人，專制獨裁，不容插嘴、插手，遑論插足。連盛夏蟬鳴噪音也容不下，下令以長竹竿一個一個一個的黏下來弄死，何況所謂民辦「京報」（邸報）？朝廷政事官方消息之外，民間經濟文化也沒多少空間——雍正年間（1723-1735 年）甚至下令停止發行邸報，嚴控著書、印刷、出版、演說……

只容自己一手操辦全國發行的《大義覺迷錄》歌功頌德，把反對者曾靜等人指責的十大罪狀全部辯解平反。

「朝廷上下，地方官吏，必須人手一冊，學習、講解、討論，統一說法，清理異議。」

才叫「大義覺迷」，才令他唯我獨尊……

後人論及康乾盛世，雍正雖不及其父康熙其子乾隆，但文治武功也有成績。他無比勤奮，每天工作二十小時，僅休息四個小時，一年只放一天（生日）假，三萬多件奏摺，千多萬字旁批，流傳至今。

體弱但政務特別繁忙，與「不放心」有關，既怕後院失火，又怕明堂遇鬥，「多疑善妒」四字，令他沒一刻放鬆。

最初服用「既濟丹」紓緩了。試藥的重臣們也「背書」了——但藥多服會「馴」，效用就不及從前。

「賈士芳原是北京白雲觀道士，民間向有『生神仙』之譽。」因見主子要尋覓高人，浙江總督李衞極力推薦，以圖立功。

賈道士進宮後，其「按摩之術」、「秘咒之法」確見效奏功，雍正大癒，還「虎猛龍威」，身心愉快——但不到一個月光景，就被處斬了，罪名是「勾結不明勢力使用妖術危害國君」。

原來賈道士只因不守道觀規矩被開除離京，流落至河南，包裝成「生

神仙」。他的丹藥除了基本材料，還加了催情春藥。

道士利用了手段，雍正不滿「伊欲令安則安，伊欲令不安則果覺不適」——安與不安，竟由他人手操其柄？還以秘術逐漸控制了皇帝的健康和房事？一旦覺察，刻不容緩斬之。

砍了一個人頭，再砍一個人頭……雍正仍沉迷於煉丹之術，《活計檔》中就記錄了：運進圓明園東南角秀清村過百噸的黑煤、木炭、鉛砂、硃砂、紅銅、硫磺、水銀、礦鐵……難以勝數。丹爐一開，燒煉之火就沒熄滅過。

雍正要龍體大健長生不老——但某一夜晚，他突然死亡！

在民間蟄伏的白泰官，還聽得那是一具「無頭屍體」……

無頭？

堂堂一國之君死無全屍？

誰取走他的頭顱？

《大義覺迷錄》中曾靜等人指責雍正的十大罪狀：「謀父、逼母、弒兄、屠弟、貪財、好殺、酗酒、淫色、懷疑、株忠、好諛任佞」，掌權者以他的「理由」加以辯解，逼民接受，歷史自有公論。

這冊子在白泰官手中，但覺他死有餘辜，只恨並非自己動的手，而且，他也再無等待時機的要務了，有點空洞。

究竟雍正是怎麼死的？他並非聖人、完人、能人、超人，凡人皆有一死，亦腐爛歸塵土，但他的頭呢？大學士張廷玉驚駭欲絕：

「皇上駕崩了！」

張在日記中紀錄雍正死狀，是「七竅流血」——也許現場根本沒有「七竅」。

空洞的白泰官，倒有點澄明了。江南八俠，有的死了（如了因和尚）、

有的淡出隱世、有的被出賣、有的變節（如力大無窮，手能破壁，「握鉛錫化為水」的甘鳳池，投清保命，可惜）、他白泰官也家破人亡了，只有呂四娘音訊全無，一下子消失了似的。

白泰官一度對貌美又武藝膽識過人的呂四娘甚為愛慕，但又恐自己在她之下，妒其出色，不甘心，反倒猶豫。遇上凌雲雲，誕下愛兒，才安定了。

思潮起伏，是四娘嗎？只有她，最堅毅狠辣，因為她是雍正斬草未除的根。狗皇帝抄家滅族，呂留良僥倖「留良」，小孫女幹了一樁轟烈但又被強行掩埋的大事？

雍正的死有五大神秘謎團。才58歲就暴死的皇帝，清史不載，民間眾說紛紜……

也算盛年，「才」58歲，這個「才」字透着詭異。

有哪五說呢？——

（一）勤政過度急病而亡。

（二）被宮女聯同太監勒死，以洩受虐勞役之怨。

（三）《紅樓夢》作者曹雪芹心愛女人竺玉蘭（林黛玉原型）被雍正抄家時霸佔了，二人合謀殺之。

（四）服丹藥中毒身亡。

（五）為呂四娘所殺，並取走首級，不知所終。

雍正對丹藥癡迷，還寫過一首《燒丹》詩：「鉛砂和藥物，松柏繞雲壇。爐運陰陽火，功兼內外丹。」

雍正十三年八月二十三日龍馭上賓。

群臣、御前侍衛、太監、《起居注》執筆官，都表示：

「皇上前兩三天還是好好的，精神氣足，商議政事，召見寧古塔地方

官員，正常辦公。」

即使略有不適，也不致急症即亡。無頭之屍一說更顯死於非命。

這個謎團至今未解。

回到呂四娘的傳說，她曾咬指寫下血書，誓言「不殺雍正，死不瞑目」。為報文字獄滅門之仇，她隱伏苦候一個良機。

「禁宮守衛森嚴，滴水不漏，你一個女兒家，又過了選秀之齡，還是當個幹活宮女吧。」

她接受了在御膳房當宮女的罪臣之女阿餘暗中助力，先潛入宮。宮中亦多怨女，妃嬪都是逼不得已媚主求寵，很多遭強佔，伺機報仇而無力……

沒人知道「裏應外合」的部署，只道即使皇帝，男人最軟弱的一刻是藥後，「修仙長生，收積虛空中清靈之氣於身，神氣打成一片」，即飄飄欲仙——

侍寢的妃嬪漫不經心地提到，太醫和侍衛都斗膽與後宮偷歡淫亂，赤色鴛鴦肚兜還掛在男的腰上……

雍正妒火中燒血氣上湧，此時躲在寢宮一角的呂四娘詭異黑影閃過，行刺，並把雍正頭顱割下，如電光一閃，飛檐走壁極速逃離。

從此人間蒸發。

雍正死在他最看重的圓明園「九洲清宴」殿。

葬於他即位後便著力尋覓的「萬年吉地」：清西陵的泰陵——但墓中是全屍？抑或打造了一個「金頭」以成全龍體？這得有人發掘陵墓一探真相了。

陵墓位於地宮，是泰陵最核心最神秘又最不敢觸碰的謎團，目前開啟了沒有？遺骨經否先進科技 DNA 驗證？還是封存？誰知？

高壓下的盛世，也是憂憤的亂世，更是充滿暗湧的叛世，要以血洗。所以繼位後的乾隆帝遺散所有道士，銷毀一切檔案、物料、丹藥……頒下誅九族的「封口令」。

有人說：「剃人頭者人亦剃其頭。」也有人說：「取人頭者人亦取其頭。」血滴子的因果傳説已是前塵。

晚年的白泰官，深藏不露，退隱獨居老家常州甘棠橋的大宅中。他不問江湖是非——不想過問，也無力過問。

閒來，他總是打開衣櫥子，拎出珍藏的兩件舊衣：一件是他前明王朝的直裰常服，一件是被殺亡兒的遺服。用手指輕輕摩挲，像在時代的軌跡，一下一下來回移動……

他長壽，孑然一身，活到九十多。

玩伴

雖然天氣一天比一天酷熱，人人汗流浹背，不過在這郊區的靈灰閣，倒是十分陰涼的。

大部份安置骨灰的龕位，都是一道一道略厚的牆，中間是一個一個空格，如同「劏房」，放置骨灰盅和少量生前至愛物件紀念品，不能多，放不下的，然後封好，就是某人的一生。

祁永安坐在靈灰閣這區，螺旋型的樓梯，由頂望通至踵，清明重陽節日拜祭較多，平日少人到，更加陰涼悽寂了。無聊地等大人處理。他不懂這些拜祭儀式，只見媽媽和外婆鋪好報紙，把祭品擺放，有飯有雞有菜，還有餅乾、薯條、漢堡包、水果……還有可樂。

「酒就不用了吧？」媽媽道。

外婆擺筷子、擺匙羹、擺吸管，還是斟了3杯水酒3杯茶，好細心：「傳統是要的，自己喝，也請別人喝，都這樣拜祭的……」

永安一點忙也幫不上，沒人教他怎麼做。爸爸拋棄了媽媽後不知所終，所以是否在世抑或近況如何，母子都不理不想知——只知車禍後他不育，冇仔生，所以是「冇仔送終」的，起碼永安這個仔就不會送他拜他了。

「永遠也不相見，見了也不打招呼，這是肯定的！」永安坐在樓梯級自語：「而且，我真的記不起衰老竇的樣子了。」

就算狹路相逢，認不得，又怎會喚他一聲「爸」？

此時媽媽和外婆已把香灰大鐵盆移至靈位下，點起香燭，向左右喚道：「永安，永安，快來吧！」

他沒有起來回應，好像對這些儀式有點莫名其妙，也不適應。不願動。

身畔來了個小女孩，道：「哥哥，她們叫你過去呢。」

永安抬頭一看，是個短髮小妹妹，長得很可愛，圓圓的臉蛋似乎有點削，人也有點怯生生的。

或者是投緣吧，她好像對這大哥哥很放心，所以主動再問：「她們叫你為什麼不過去？你媽媽對你很好呀——」

「算了，」他道：「我在這兒看着就成。」

「但你要鞠躬呀，我見人拜山都要點香鞠躬的。」

「都是些繁文縟節——你明白嗎？都是行禮如儀，可以慳啲。」

「你不去拜？是很憎那個人嗎？」

坐在樓梯望着不遠處，還沒回應，只聽得媽媽哽咽：「永安，你不要四周走！唉，話極你都唔黐家，我都唔明你點諗——點都好，有乜想要記得講畀我知——」

外婆也紅了眼眶：「一日最憎個衰老竇，你一個人打兩份工，十指磨穿湊大個仔，供書教學……佢唔生性……」

「佢算生性喇，係前年個個禮拜唔嚮屋企，又同一班同學朋友上街嗰

——不過依家靜靜哋乖乖哋喇，阿媽得閑都會嚟探你……」

「總之就離奇啦，無端端自殺——」

「好喇唔再多講喇！」媽媽止住外婆「發牢騷」失言，不想提也不敢提：「自殺就自殺啦，冇真相又冇可疑，總之好彩得番條屍火化又抽到個位——」

「總之就——你驚乜？呢度都係骨灰龕，唔係篤灰龕！」

媽媽如驚弓之鳥，在小瓶插好一支膠花，用濕紙巾抹乾淨靈位上的相片，忙道：「拜完執好嘢，上去化寶爐燒衣包，等佢早啲收到嘢喇。」

小妹妹走近一看相片，愕然……

小妹妹指着靈位上的相片，黑白的，帶點少年反叛似笑非笑又有點得戚，雖是學生照，但一眼認出來。

「哥哥——這幅相是你呀！」

媽媽和外婆去了上面靈灰閣進口處的化寶爐，給他燒衣包紙紮禮物食

物和日用品，他已有去年的經驗，一陣便「收到嘢」了，四下回歸沉寂荒涼時，他一拐一拐走到自己靈位前，再重溫一下生前容貌。

「對呀，是參加學校球隊那天拍的，都幾英㗎。」

靈位上有生卒年月日。

「2003~2019，」小妹妹指指點點：「即係……」

她要數手指計算，所以作為大哥哥就回應了：「16歲走。」

她又指着他名字：「你叫乜永安呀？呢個係咪『祈禱』個祈字呀？」

「唔係祈禱，有得祈禱，有神保佑——呢個『祁』字，我姓祁，因為衰老竇係上海嚟香港嘅，夾硬畀個姓我，我唔鍾意個姓，你以後叫我永安哥哥算嘞，或者淨係叫哥哥。」

「好。」

永安問：「我16，你呢？」

「你估吓？」

「你走時得嗰幾歲大有乜咁難估？都係小鬼仔鬼豬豬——」

「吓？你點知我唔係人？」她天真地還以為是個秘密呢。

「在這兒出現的，戴口罩是人，不戴口罩是頑固廢老，或者鬼。」

小妹妹伸手掩嘴。「我有『手罩』！」咭咭笑得很頑皮。

「你幾歲？」

「我5歲啦，我是2012~2018的，因為未過生日所以5歲——」

「你看來又奀又瘦，好似有5歲，得3、4歲——係得對眼仔夠大，不過你成身都係傷痕嘅？畀我睇吓——」

她馬上伸手遮掩……

但一雙小手，又怎可能把身上百幾處傷痕遮掩住？正確而言她是「遍體鱗傷」：頭部、四肢、身體……都滿是新舊傷痕，舊的結痂未好，又添新瘀傷裂傷，部份還在滲血——她想遮掩，是害羞？自卑？驚恐？不過下意識動作不想人知？是暴虐傷害她的大人不准人知？

她後退了幾步，不語。

祁永安雖得16歲，上過街交過弱勢朋友，自己也是單親弱勢家庭，不過生得高大壯健也愛當「大哥哥」，所以面對學生弟弟妹妹，不管是逃走時跌傷、被打傷、被催淚煙熏得流淚痛得睜不開眼睛，永安也奮力照顧，他的志願是當急救員，大個想考醫護……不過夢想在16歲戛然而止——他迷茫一片，休克後再無知覺……

「你看，我這隻腳是『空中飛人』掉到街上硬斷的。」永安一拐一拐的讓她看自己傷勢：「現在不痛了，可能再過一陣也好了，因為一個影子是無所謂的。」

他還指指自己的頭：「看，我的頭也爆過，落地後爆裂，腦漿塗地，不過好少血，之前啲血凝咗就冇乜血流嘞。」

「先飲為敬」得到小妹妹的信賴，只見她已沒戒心，也「同病相憐」。

「我個頭都凹咗㗎！」她也指指自己的頭：「呢度、呢度，係撞上天花板又撞落地，重複好多次之後就凹咗！」

「邊個害死你？」

「……」她欲言又止，搖頭，不想講。

「你講畀哥哥聽啦，嗱，你睇我個姓，個『祁』字有耳仔邊，鍾意聽人講嘢——」

「我……係畀阿爸阿媽監生打死㗎……」

哦——祁永安猜到了，眼前這個可憐的小鬼，是被親父和繼母長期虐待至死。

小妹妹 2018 年死的，比自己還早一年，但永安那時正忙於與同路人抗爭、救傷、療傷……沒時間跟進，後來也因失去自由失去生命，失去一切。今日遇上，原來作為鬼，她比他「老」。

「繼母即是『後底乸』，與你沒血緣，所以兇狠——但爸爸是親爸爸啊！」

「阿爸本來也好錫我的，自從……」

「你說吧，別怕，我保護你。」

小妹妹嚥一下口水，猶有餘悸：「自從……後來……阿媽生咗細佬，開始好憎我……」

看她身上佈滿藤條、剪刀、拖鞋、衣架……的新舊血瘀傷痕，就知她生前受過多大的痛苦了！而致命傷是親父和繼母發明的「跳飛機」遊戲，抓住營養不良小小的孱弱身軀，凌空向上拋，使她頭部撞向天花板，又跌在地上撞到地板——等於從飛機下墜落地，一個小天使也墮落凡塵，十多次之後，她受驚大哭大叫，惶恐又痛楚，頭也凹了，暈倒之後不治，報警送院也無效。

「阿媽憎我，話我叫『玲玲』，注定孤伶伶，而且篤眼篤鼻，阻頭阻勢，阻住細佬——」

「玲玲，你憎你細佬嗎？」

「不！」玲玲快快強調：「細佬好得意，我好鍾意佢——不過阿媽唔畀我掂佢，話我有前頭婆啲衰氣……」

「現在有痛嗎？」永安忘記了自己爆頭斷腿也難熬，關心地問。

「初初痛，漸漸冇知覺，不痛——其實最最痛，係火化！」

火化，永安回憶中是慘痛的經歷，不想再來一次……

就算一個人如何鮮蹦活跳精力充沛，或受盡折磨毒打傷害一命嗚呼，你以為一切都過去？喜怒哀樂怨憤恩仇……原來最後階段是最痛的。

永安回想那最後的兩小時：

「我又未死過，怎知會是這樣的？」

「我都未死過，不過我好痛，痛到唔識講。」玲玲扁嘴。

要知火化爐溫度極高，上千度，在熊熊烈火中「人」的形態漸漸消失。人體不外有機物和無機鹽（礦物質），60%是水，還有蛋白質、脂肪……分佈人體無處不在。

「嘩！我最先着火的是毛髮，一下就燒着蜷曲而且變炭唔見咗。」

小妹妹馬上接話：「雖然我個頭凹咗，有啲頭髮又扯甩咗，不過我都係好快變『光頭』——」她還吐吐舌頭，想起也心驚。

毛髮速化，高溫下皮膚馬上出現紅斑、水泡，肌肉和脂肪（屍油）這些皮下軟組織也燃燒起來了，「吣吣卟卟」的響，沒有明顯順序，而是同時進行。

「玲玲你知道嗎？我火化時痛到頂唔順，肌肉突然收縮，死咗都會打泰拳！」

永安擺出一個雙拳緊握一前一後的姿態，舉在胸前。「似唔似？」

「哈哈哈！好似！」玲玲一笑，忘了自己的痛苦。

永安道：「我都燒咗個幾兩個鐘。」

「我好快。」

「咁你細粒，會有小型火化爐嘅，大人同細路唔同——不過有一樣，就係化唔到嘅骨頭，話之你凹咗凸咗爆咗，都唔化，要加工。」

大塊的如頭骨、盆骨、坐骨、恥骨、四肢骨骼，不易燃燒也不易化灰，所以木然的工作人員會撿拾出來加工研磨……最後跟其他灰燼一起放入盒中或盅內，殊途同歸……

每天都有人死。

香港人口高齡化，死亡數字逐年上升。根據官方紀錄，2019~2020年死的人多，特別是年輕人……

祁永安卒於 2019 年，公告的死亡數字 48,106，平均每天約有 132 人離世，較前上升；2020 年又較前上升……

祁永安是那近 5 萬人當中一個，「幸運」地他有一個靈位，而好多亡魂不知被放逐至何方？

成長中的少年、苦命早逝的小孩，因同屬「死於非命」，磁場相近，神秘的電波令他們遇上了，特別投緣。

世人認為「灰飛煙滅」，但作為亡魂，仍飄蕩好一陣，再待忘情，重新上路……而不管男女老少體健體弱死因為何，火化都是最後最痛的句號。

「玲玲，你的靈位在哪兒？」

「不在這一邊的。」

「咦？你是迷路嗎？找不回自己的位嗎？我幫你『回家』——」永安

也知說錯了，這裏又怎會是「家」？只是灰塵寄存所在，下一個「家」在何時何地？又有何人？誰也不知道。

「才不是迷路，我就在附近，跑來跑去很容易的。」玲玲悶道：「我那邊沒有什麼小朋友一起玩，都是老公公老婆婆，有些還說鄉下話我都唔明。」

「你是我這一陣見過的鬼中，最細的一個。」永安笑道。

「你也是我見過的鬼中最細個的呀，雖然你是大哥哥，不過已經係最細個了。」

永安心想，我們那麼「細個」就死了？究竟做錯了什麼？他蹲下望着小妹妹：「你帶我去你處吧。」

正說着，永安忽道：「呀，收到嘢！」

看來是媽媽和外婆在化寶爐給他燒的衣包和紙紮，都是虛擬，但伸手即得，袋中也有。掏出來零食，永安道：「我都唔鍾意朱古力橙餅，你估細路仔咩？我想食鹹蛋黃薯片，又冇，或者佢哋根本唔知我鍾意乜嘢？」

「我鍾意呀！」玲玲望着「美食」垂涎：「我想食朱古力呀，好耐冇食過。」

「全部畀晒你，慢慢食。」他帶她坐到樓梯間，問：「你好餓？」

「我未曾食飽過㗎。」她大口大口吃得滋味：「阿爸阿媽唔准我食飯，罰企罰跪，夜晚瞓地板，如果佢哋話我眼超超，即刻拎起乜嘢就用乜嘢打我，所以我夏天都要着長袖衫遮住……」

看着又冷又餓的小妹妹，那麼可愛，繼母陰毒，但連親父也下得了手？

「現在不怕了，冇人可以虐待你了。」

「有大人鬼講畀我聽，佢哋謀殺罪名成立判坐一世監——我唔想佢哋咁慘，我唔乖啦，乖啲就唔會死……」

「不關你的事，」永安撫慰：「又沒深仇大恨，所有畜生人渣都會天收——邊個害人邊個有報應！」

「哥哥你個樣好惡！」

再惡，也不過是飄蕩的亡魂而已，哪有能力？要靠天收。什麼是「天收」？誰也說不上，難道是自欺？

吃完了，二鬼來至一處，原來火葬場附近有個綠色殯葬的「紀念花園」。

「因為我係細路，大人要坐監，冇人理，冇人拜，又上唔到位，所以要撒響呢度——」

小手指着花園、草地、石仔路，一個天真活潑的小妹妹，已被灑向大自然……

全港13個紀念花園因為響應環保，「綠色」減少污染，也減低殯葬成本和繁複程序，今日骨灰龕位極缺，私營的貴，公家得等待機會又要抽籤……不過願意把先人骨灰撒在花園的家屬不太多，申請來者只及死亡人數約一成多。

玲玲得走這條路。沒人善後，親父繼母都判囚終身，雖則扣日子後幾十年後可以放監，但一切已難挽回。只剩繼母心頭肉，但弟弟太細，玲玲命案發生時才2歲，現不知由誰撫育——他來世上也是個悲劇。家破人亡全是大人一手造成，弟弟比玲玲更孤苦伶仃。

玲玲受虐，「被父母監生打死」後，遭遇令不少香港人難過哽咽。

「你的身後事誰照顧？」

「『身後事』？」

「哦，即是死後的事。」永安解釋。

「咁點解叫『身後』唔叫『死後』？」

「或者，大家不想提那個字。」

「我唔怕，咁我真係死咗。」玲玲道：「我又火化咗，社工姐姐同食環署啲工作人員幫我撒骨灰，就係用呢個細箱仔。」

此時正有一家人來送別亡父，他們都強忍淚水，拎着一個長方形的「撒灰器」，走到花園、草地、石仔路……拉起容器的把手，骨灰自底部孔洞輕輕灑下，又滲入大地。大部份逝者有家人送他走完人生最後一程，祁永安都有媽媽和外婆——但，玲玲被害死也無人相送……

或者她很「細個」，沒什麼怨恨，記不起痛苦，她的腦袋和心靈盛不下冤仇，又沒想過報仇，一切從簡。

「我就係咁樣住響呢度，好似成個花園都有份！」她又天真爛漫地道：「我有位㗎，有相㗎，過去睇吓——」

看來玲玲把紀念花園當成自己的家了，夠廣闊，空氣清新，沒人虐待，不過她的「同屋住」多是老人家。

她指着花園紀念牆的牌匾，比起永安「熱鬧」的靈灰閣那邊，當然不算多，但每個亡魂都有一小格屬於自己的位置，裏頭沒有骨灰盅不能放物件，外面刻着一生。

「看，陳玲玲，我張相——」

「咦，唔似5歲。」

「係我入幼兒園張相，之後都冇影過相……因為好傷……」

「咁呢張都幾靚女！」

「嘻嘻。」她又開心地道：「哥哥你陪我玩？得我一個去遊樂場好悶，而且小朋友睇我唔到，唔會同我玩。」

「好呀。」

他們來到附近的遊樂場。途中，永安伸手摸到袋中有一疊「鈔票」也有各種冥通信用卡：「嘩，發達喇！舊年冇燒咁多，生前更加冇錢……」

「不過我唔知點買嘢，又冇乜嘢好買——唔怕，一陣可以問吓黑衫姨姨。」

「而家好多錢又點？我啲同學朋友都好窮，甚至失去自由，諗諗吓，我咁早死，唔駛咁難捱……」

「唔好諗啦，唔諗就唔痛，又唔會喊——」玲玲領着永安在兒童遊樂場到處跑，這裏有彈弓陣、攀爬架、繩網、鞦韆、滑梯、螺旋柱、遊戲板、轉圈圈、木馬……

「去玩『氹氹轉』！」她又推又轉，他童心未泯，一時間轉到無憂無慮的孩提時代。

遊樂場彩色繽紛，而且設施多，地方大，跑來跑去這這那那的，可以開心玩足一天。

——忽然有處，二鬼竟然卻步！

那不過是「跳飛機」。

所有遊樂場都有最傳統、簡單、原始、永恆不變的「跳飛機」。有在地面用粉筆畫成，有以油漆畫成，有在彩色格仔地板上鋪設：123、45、6、78、9這樣的飛機形遊戲，前拋一個「子」（小物件），單腳跳、雙腳跳、正面撿、背面撿……若拋子過界，失去平衡，摸索落空，撿拾不到，就輸了，輪下一位上。小孩練眼界和腳力，這雙翼飛機只是個象徵，也讓小孩有振翅高飛的願景，很正面。

但——

「不不不！」玲玲躲過一旁：「我怕，這個我不玩！」

永安後退幾步：「我也不玩！」本來虛無的他忽閃過一個自高空急墜，如在飛機跳下，轟然着地爆頭骨折的恐怖畫面，「它」又回來了。

玲玲聯想被父母當作血肉玩偶虐待，拋上天花板又再撞落地，重複好多次，驚到失禁、昏迷、喪命。「跳飛機」跳進黃泉。

二鬼都有餘懼，本能反應是：不想重複，不想回憶，所以不想玩。

他倆不是「畏高」，平面玩意而已，只是那個高處墮下的「陰影」，個心離一離？不止，個心幾乎從口中蹦出來——但，難道永生永世都有陰影隨身嗎？

作為大哥哥，作為一起尋開心的玩伴，已16歲的祁永安怎能表現得窩囊，在小妹妹面前失威？他鼓起勇氣：「唔怕，大家唔好驚，試吓。」又為了鼓勵她：「我先！」

他把一塊朱古力拿來做「子」，開始單腳跳、雙腳跳……然後把玲玲喚來：

「好，到你！」

身為鬼，靈巧、飄然、不易失足跌倒——還有，大不了死，怕什麼？

盡興地玩吧。天漸漸黑了……

四野無人，只得他倆。

戰勝了心理陰影，不怕威脅，遊樂場成了二鬼天地，16歲和5歲的萍水相逢，竟玩得那麼開心。

玩過迂迴的滑梯，過五關才滑到地面；又在彈弓陣跳來跳去，根本不會掉下；攀繩網搖搖晃晃嘻嘻哈哈；盪鞦韆時更大膽到「跳鞦」；還有獨木橋、鏡子柱、攀爬架……

累了，攀到架上高處，坐下休息。俯視漸暗的遊樂場，漸暗的人間。

「好攰呀！好開心呀！」玲玲笑道。

「我也好耐未試過咁開心了。」永安道：「而且攰成咁，一滴汗都冇，是做鬼的唯一好處。」

「連血都冇，傷口又好返，好似漸漸乜都唔記得……」玲玲露出可愛的笑容：「哥哥不如你都唔好記得啦。」

只是，祁永安怎麼忘得了「她」？這是一個秘密：那個晚上——

那個晚上，有個少女中了催淚煙，痛得睜不開眼睛，永安忙用清水、生理鹽水幫她洗眼，少女道謝後，還激動地想往回走：「我有同學在前邊！」

「你聽話！」永安暴喝趕她：「快走，危險！」

「我不怕——」她不聽話，掙扎：「你讓我回去！」

永安拚命把少女推走，猛力之下誰知自己出事了……

少女飛奔仍不忘回頭大哭大喊：「你叫咩名呀？」已被慌亂的人群又推又趕——永安逃不了，只覺咫尺天涯……

彷彿用盡生命中最後的力氣，他大喊：「我叫祁永安！我叫祁——」

他不省人事，從此不省人事……

在最後的印象中，拼盡全力喊出自己名字，回應少女最後的狂問：「你叫咩名呀？」——她應該豎耳聽到的，即使她在亂紛紛的環境中消失了，他的名字，她會記得的！

可惜他不知道她的名字，也不知道她的年齡、身世、在哪讀書、喜惡、願望……沒見過她笑，連樣貌也看不清，人人口罩蒙面，兵荒馬亂中天各一方——但他永遠記得她一雙大眼睛，和要往回走的堅定眼神。

雖然失散了，雖然生死未卜，雖然再沒機會重逢，茫茫人海中的偶遇是無跡可尋無法追認……一剎那間，他記住她了。

永安坐在攀爬架高層，竟然向5歲的玲玲傾訴秘密心事：

「我真係好掛住佢……」

「你又唔知佢係邊個——」

「我永遠記得佢大聲問我叫咩名，佢好想知道我，希望佢記得我。」

又低聲自語：「我咁大個仔未拍過拖，未試過咁掛住一個人。當時我眼前一黑，之後繼續黑，不過黑之中，就係佢嘅眼神……」

永安問玲玲：「你有冇試過掛住人？」

玲玲側着頭用心細想：「阿爸阿媽對我唔好，我唔會掛住；細佬好得意，不過一嚿飯咁，我唔會掛住……我親生阿媽走咗佬，我已經唔記得佢個樣喇！」

永安悲憫地看着小妹妹，憐她也自憐……

永安安慰她：

「咁都好，你唔駛咁痛——」

「痛？」

「呢度，」永安指指他的咽喉：「好似有石仔哽住咁，掛住一個人，吞口水都哽住……」

是無限放大，成為永遠的精神寄託嗎？一眼、一念、一生？看來他短暫的一生中，真是最大的遺憾了。

「我冇人掛住，原來仲好？」

「下一世一定有人掛住你，又有人畀你掛住——其實感覺好好，好甜……唏，不過你都唔明㗎喇。」

玲玲不服氣：「我有少少明㗎，我諗嗰個姐姐走甩咗，都會掛住你嘅。」

「真嘅？」

「佢問你咩名呀！」

「可能聽唔到喎。」

「一定聽到！」玲玲強調：「佢一定記得你嘅！」

永安放心了：「係——佢一定記得我！」

無聊嗎？忐忑嗎？

大人所謂窩心、體己、善意謊言、安慰劑……小妹妹未必懂也不須使用，只是童真、童言，她這樣「強調」，令大哥哥的信念加強而已。幸好走得甩！但人海茫茫，人鬼殊途，真的，只靠信念——永安特別感激，輪到一個小孩來撫慰自己心靈最柔軟易傷害，連媽媽也不知道的一個角落。

「玲玲，多謝你！」

「我都幫唔到手。」她道：「不過我唔想你『哽親』之嘛——呀，我可以問吓黑衫姨姨。」

永安好似聽她提過「黑衫姨姨」，不為意，以為是紀念花園中的一隻大人鬼。

「黑衫姨姨好惡好大聲，有時嚟探我，我知佢都錫我嘅，我知㗎，佢係忠唔係奸——」

忽聞一聲暴喝：

「你兩隻嘢！夜麻麻仲唔返歸！」

玲玲暗指：「黑衫姨姨。」

二鬼從攀爬架高處下地，談心結束了。

永安觀察一下眼前這不修邊幅，粗聲粗氣，大咧咧的黑衣胖「大媽」，手執一根哭喪棒。永安忍不住問：

「你就係江湖傳聞嘅黑白無常？」

「我得一個，乜嘢『黑白』？咁都數錯？」

「Sorry。點解叫『無常』？我唔明。」

「無常，就係世間所有人同事，永遠不停變化，冇不變之常理，唯一不變嘅係『變』，明唔明？」

「明喇明喇。」永安又問：「咁你唔着古裝嘅？」

黑衫姨姨沒好氣：「而家乜嘢年代？着古裝？伸長條脷？一見發財？out 啦，大台拍劇咩？——總之我係追上潮流又有性格嘅黑無常。」

「咁白無常呢？」

「佢惡死啲，專管作奸犯科嘅壞人衰鬼，工夫粗重過我好多。」

永安道：「咁都好啲——你睇，我哋冇殺人放火，冇販毒偷冰，冇非禮強姦，又冇害人，點解枉死？你係陰間使者，畀唔畀到公義答案？畀唔畀到希望？……」

「祁永安，你16歲嘅仔，入世未深，唔好challenge我。」又道：「我係你哋嘅經理人、管家婆，點會害你？你聽我講就得喇！」

玲玲此時扯扯永安衣角：「佢係忠㗎！」

「喂陳玲玲，我去花園搵唔到你，原來識咗新朋友嚟呢度玩！」

玲玲吐吐舌頭，表示有點怕——其實真心不怕。她問：「姨姨搵我咩事呀？」

「你要走嘞。」

「走？」她愕然。

黑無常姨姨道：「聽日上路。」

「『上路』去邊？」玲玲和永安不約而同問道：「離開呢度？」

「梗係要啦——『上路』即係起程、出發、開始另一段路程，即係陳玲玲可以投胎轉世喇！」

「去邊呀？」玲玲稚嫩的小心靈，承受這變化有點擔憂：「邊個陪我呀？」

「自己上路，重新做人，你睇——」黑無常拎出一個令牌，上書「賞善罰惡」四字，「我哋安排好，你一直向前走就得嘞。」

永安為玲玲提出疑問：「小妹妹都要知道去邊度，有邊個照顧㗎，我陪佢一程得唔得？」

「你就想——未到你，下一水啦。」黑無常公事公辦又不失善意，公務員沒太多表情，但經理人也有心聲：「噂，陳玲玲今生受咁多苦難，所以下一世投胎有主好人家，父母好恨有ＢＢ，一定錫到你燶——」

「咁我係咪唔同咗樣？」

「唔同㗎，新生命好似新屋企，離開舊屋搬入新屋，以前只係短暫居留，唔需要記住。」

「……」玲玲沉吟：「乜都唔記得？」

「原則上係咁。」黑無常道：「唔記得仲好，唔會將仇怨帶到下一世，清清白白乾乾淨淨上路——」

「聽日幾點走？」

黑無常看看公文：「上晝11點。」

「遲幾日得唔得？」

「唔得。」

「遲一日得唔得？遲半日得唔得？」

「早一日遲一日都唔得，早一分鐘遲一分鐘都唔得，因為注定咗冇得改。你聽話啦，姨姨送你一程。」

「我唔走！」

玲玲突如其來的拒絕，令他們有點吃驚……

「玲玲！」永安勸道：「那麼好的機會，不要放棄。」

玲玲仰頭向着黑衫姨姨苦着臉：「我唔想走！」

「點解？」

「我……想再同哥哥玩！」

「你哋已經玩足一日了。」黑無常的意思是「見好就收」——但小孩怎會如此世故？

「我今日好開心，以前未死都未曾咁開心，所以……我……」

黑無常也不忍嚴肅斥責，只道：「你已收到最好的禮物啦，係時候學識：興盡、緣盡，就要講拜拜！」

「我唔講！」

玲玲本想強忍，但小孩忍淚能耐不強，甚至無力遏止悲傷，她大哭起來。

「嗚嗚……我唔捨得哥哥呀……」又向永安哭道：「……我會掛住你！」一個沒人可以「掛住」，又從沒「掛住」人的小孩，玲玲動了真情，冒出一句心底話，對相濡以沫傾訴心事互相撫慰的陌生亡魂，竟然捨不得。

永安聽了也泫然。

人生短暫，也不如意，人生有四苦：「看不透、捨不得、輸不起、放不下」——生、老、病、死、愛別離、怨憎會、求不得、五陰熾盛，苦的多，甜的少，甜過不捨，但不會重來，只能珍惜。少年和小孩太年輕了，懂了幾分？

「我唔知咁快就過完㗎……唔知冇下次㗎……」玲玲斗大的淚珠急淌，哭得上氣不接下氣。

「時辰到呀。」黑無常只好哄她：「世上冇所謂天長地久，多數係一剎等於永恆——」

「嗚嗚……咁深，我都唔明……」玲玲抽搐着。

黑無常其實是對祁永安說的：「你明白嗎？」

永安故意道：「咁深，我都唔明。」向玲玲打個眼色，表示同聲同氣同路人，默契十足。

「激死！」黑無常谷氣：「你兩隻嘢夾埋嚟玩我？」又揮一揮手中的哭喪棒：「信唔信我 fit 你哋吖嗱？」

「唔信！」二鬼一齊回應。

黑無常只好道：「每個人嚟世上一趟，本來就乜都冇，又乜都帶唔走，而且記憶舖舖清，飲過孟婆茶亦唔記得晒，所以冇乜可以貪戀——」

永安一聽，不忿：「但係點解有啲人可以帶走好多鮮血，同埋人命……」

「你聽我講——」

「唔聽！我16歲，乜都未做過未試過，未努力過未享受過，我同好多人一樣唔可以長大，甚至未拍拖結婚生仔……生命冇take 2……」

永安一時衝動，一輪嘴發洩，在陰間才可暢言？

驀地，黑夜中，黑無常頭頂白光一閃——

「你收聲先，咪嘈住我收訊息。」

她閉目幾秒，永安好奇急問：「收料？」

「係白無常報料。」黑無常對永安道：「嚫仔駛乜咁激呀？所謂『人受難，天有眼，地府唔偷懶』，因果報應係唔會hea做嘅。」她只公事公辦地：「你唔好問咁多，恨咁多，總之善惡到頭終有報，上台下台黃泉路，黑白無常有分數。」

「姨姨，」玲玲忽道：「我乖乖地走，你可唔可以應承我一件事？」黑無常撥一撥她淩亂的中長髮，望定玲玲。

「你可唔可以幫哥哥——」

「唔可以。」

「我都未講完。幫佢搵——」

「搵唔返。」

「但係你有法力——」

「冇辦法。」

「吓，你知我問乜嘢？」玲玲驚詫。永安感激地望向她，亦等黑無常回應。

「我梗係知道啦，但係祁永安冇行。」

「哥哥好掛住嗰個姐姐。」玲玲天真地請求：「姨姨呢個係我唯一心願，冇其他嘢喇。」

「萍水相逢大多數後會無期——有啲緣份係一世、一年、一日、一分鐘、一秒，祁永安係緣份唔夠，死心啦。」

「嘩，你咁鬼殘忍㗎！」永安失望：「你可以氹吓我 hea 吓我，唔駛咁傷嘅。」

「大佬呀，我斬釘截鐵，唔得閑講大話，係唔畀你幻想空間，所有都成為過去，執好位先明下一水更好。」又強調：「見唔返，就係咁。完。」

「……明白喇。」

「乜嘢唔 forget 唔 forgive，放低佢。你哋以為有啲冇名，有啲連屍骸都搵唔到……畀人遺忘——但係一定一定有人掛住你哋。」

永安笑：「總之呢個 round 難過，下個 round 會變好，好心有好報吖嘛——老土！」但他也對自己一笑，盡量釋懷。

黑無常道：「落雨喇，有啲涼，大家返歸啦。」

分道揚鑣，各回自己位子。

「拜拜！」玲玲隨姨姨走，向永安道別。

「拜拜！」永安道。

走了十幾步，她又回頭揮手，還跳起，依依大喊：「拜拜！」

「拜拜！」他也揮手。

「拜拜！」

「拜拜！」

這是兩個知己玩伴甚至「親人」，在塵世間，最後的對話……

夾你個頭

Polly在公司5年來，憑着個人醒目能幹上位，知所進退、取捨，從不浪費時間精力。

一個人的努力用在什麼地方，一定可以看得出，而用在工作上，不，事業上，它不會辜負你。

Polly一見名牌新袋推出，毫不猶豫換包包，能力所及或未及，都勇往直前。

「這是一個女人行走江湖的『碼頭』，一拎出來就是與客戶各界的話題，容易打好關係。」

「我們都知你叻女，那個舊的才兩年貨仔，好新淨，平啲讓給我吧？」

「不，放二手店拍賣更好價。」Polly道：「同事朝見口晚見面，賣平了我不舒服，賣貴了你不高興——所以千萬別有『交易』，對嗎？」

「也是。」

「開工跑單去！讓乜鬼嘢讓？讓你個頭！」

這是她的口頭禪。職場相處之道：沒有錢銀膠葛，就沒有是非，彼此保持三分距離，在外頭搵真銀才是正道。Polly 理財精明，從不浪費在無謂的項目，衣食當然是大前提，住行就要求一般。

到底也是血汗錢，還得裝身上路上位，豈可亂花？一分一毫都用在刀口上。

這天公司網購口罩，大家都簽名訂多盒以備疫情爆發，今年底明年初都得備用。

「訂你個頭！我不用了。」Polly 笑：「我有人代訂彩色的，還有名牌設計的，可以襯衫。」要知一個同人一樣「醒目」的口罩是多麼增值！年輕貌美加自私，懂得自我「投資」，邁向成功之路。

不過經濟不景，明明到手的客也中途變卦，大單見財化水，她才會情緒低落。

公司的商廈廿幾層，出入多是精英份子。這天聽到一個壞消息，也上了新聞版：車禍中2死7傷……

「2死7傷？」Polly忙問：「與我們公司或這座商廈有關？」

「有關。」同事答：「死者也很無辜。」

「在得這裏上班，都是大好前途的，就這樣死了……」Polly道：「好彩我冇事！Touch wood！」只惦着自己。

「是兩個清潔阿姐。」

原來搭小巴時，有個頑固的阿伯不肯戴口罩，明顯違例但乘客奈他不何，司機不肯開車，眼看累人遲到。

「你知清潔阿姐（也應是阿嬸）幾好火氣，一輪嘴鬧到他要戴，但又發晦氣，唔遮鼻，鬆落口，結果口角動粗，小巴撞車又撞石壆⋯⋯」

Polly 第一反應是：「啊，我知，那個琼姐和雲姐好惡㗎，有一次佢地冇換新廁紙，我要自己拿，放在旁滑跌落地，佢地在我背後單打了半個月有多。」

所以每次上廁所，雙方都黑口黑面。

「算啦，人都走了，環境唔好，都服務咗咁耐，我地人人夾啲錢做帛金，樓下管理處會代收畀家人——」

「夾你個頭！又唔熟，又冇交情，開善堂咩？」

有點小器，也是大都會的勢利白鴿眼。「慈善」要開心，有心，也不能強迫。Polly 拒絕夾錢。

各人有自己的煩惱，她近月的佣金收入也大不如前。

到廁所洗臉抖擻一下。

廁所有盞燈壞了，大鏡反映一閃一閃的，她洗手敷臉再補妝，無論怎麼沮喪也要煥發見人——

忽然之間，好頭痛！似有重鎚、重壓，轟然作響，有同事見狀，忙扶她出去休息。

但也有點避忌：

「Polly 你不是中招吧？現在每日都有幾百人確診肺炎……」

「怎會？我只是頭痛。」

「但你面色好得人驚。」同事疑惑：「灰白的！」

真是人心惶惶。

已經有廿幾萬「豁免檢疫」者可在社區播毒，而所謂「輸入個案」極難追蹤，難怪一有風吹草動，就引起恐慌。今日又有幾百人確診，接連多天，升勢加速。

「還是要小心。」她們都同情車禍中喪生的兩位清潔阿姐：「惡姐都因為肉緊，睇唔過眼，才出人命。」

Polly 不想多提，畢竟有牙齒印：「其實中招是發燒、咳嗽、骨痛、冇味覺……我只是中暑頭痛，吃顆止痛丸就冇事的。」

——不過公司就有事了。

疫情嚴峻，社區爆發，翌日起各人又再「work from home」了，拎着通告，再沒人笑得出。

——或者有兩個人，不，兩名新鬼是在吃吃笑。

收拾好準備收工，Polly 在廁所中，大鏡前，又劇烈頭痛！

她不知道也見不到，任何人都不知道也見不到這一幕：

百厭的琼姐和雲姐一邊一個，各伸一手，左右向 Polly 的頭猛夾，陰陰笑道：

「哼！唔肯夾帛金？『夾你個頭』吖嗱！」

「再入嚟我地盤就夾你個頭！」

果然謹守崗位，專業精神。Polly 又頭痛到要速逃。

離開廁所就沒事了，日後長期 home office 就沒事了，新鬼也得上路，小懲大誡自我滿足後也沒事了。

——人無意中一句話，不知得罪了誰？實在防不勝防。

盲龜浮木

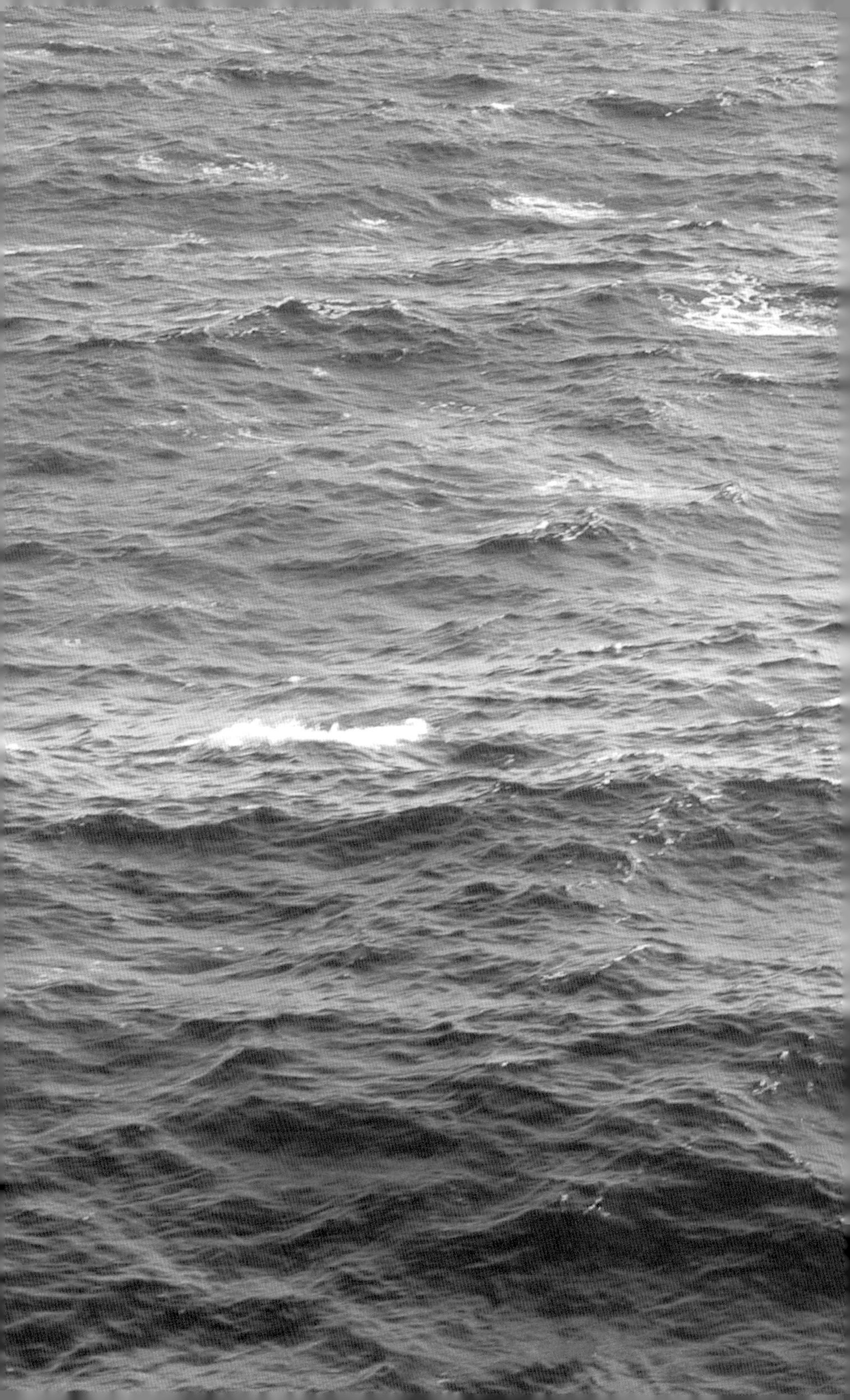

「喂，後生仔，你想死嗎？」

在海邊呆坐了一小時的阿保回過頭來，平視不見人？原來是個矮子。他眼角一瞅，道：「哎——不是。」

「你明明就想死。」那矮子是五十多歲的油膩大叔，抬頭看着阿保，洞悉地：「否認得那麼遲疑——如果不想死，直截了當便回應No啦。」

此人個子還算壯健紮實，口罩遮了半臉也知平庸，生就一雙雜毛散亂又粗短的眉，眉尾還耷拉，像個「八」字，眼睛圓滾滾的，因為眉型下垂卑微，令雙目帶着委屈、認命的無奈，將將就就，順順從從，但求無過不求有功——雙目無神間中還見鼻孔外露，像個積不了財的老婆奴。而且還是禿子，臉上有不知是斑、癬抑或白蝕徵狀，難道是擱在那兒長年累月的廢柴？這個人也真惹嫌。

矮子又問：「為甚麼想死？」

阿保沒好氣：「你也想死嗎？找個伴嗎？幹這種事自己解決啦，婆婆媽媽！」

他迅速回答：「我才不想死，但凡有一線生機，我都想做人！」

一線生機？

阿保就是窮途末路，而且頭頭碰着黑。

這兩年下來，他像很多不到三十便心灰意冷的人一樣，失意、失業、失戀……「人生失敗組」的主角。拍拖幾年的女友一家忽忽藉 BNO 移民，他知道得很遲，還不能及時送機——一切止步。他在街角除口罩抽根悶煙，馬上「人贓並獲」般收到警方定額罰款通知書，《預防及控制疾病（禁止群組聚集）及（佩戴口罩）條例》，第 599 G & I 章，罰款 5,000 元——他決定不理。到時誰可追數？他人都不在了。

沒工、沒錢、沒女、沒人生樂趣。若不永續注射疫苗，忘了打第三

針、第四針、第五針，他們這些就連餐廳戲院超市……也進不了。阿保最痛心的，是那天他在銀行櫃員機前的悽愴，戶口餘款只得兩位數，無法撳最低限額一百元——不知是幸運還是屈辱，旁邊有個斯斯文文的女子見此情景，幫他轉賬了10元，湊夠數以便提款，他堅持要還她10元，特地到便利店換散紙。

「不用了。」她已消失在人海中了。

即使舉手之勞道左相助，阿保仍覺欠債的心酸可恥。萍水相逢的好心人怎麼還？地上有個洞他馬上鑽進去，了此殘生。

近年，尤其是近幾個月，社會經濟崩潰，像阿保這樣年紀的竟也無奈到餐廳撿吃二手飯，跪等失業救濟金沒下文，住不起劏房的連躺平的資格也無。

阿保也快沒立足的地方，唯一稍微照顧他的二叔，上月不知是Omicron

還是併發症，失救一命嗚呼。以後阿保便求借無門了——死鬼父母給改名阿「保」，是保護、放心、有「揸拿」的安全感，此刻反諷地不過是「呆人」。他呆在海邊一動不動不知時日過，難道下不了決心？

隔天便有小市民輕生新聞，不起眼也沒甚麼人關注，多是跳樓，死無全屍。若是服毒、割脈、燒炭……死不去更慘。阿保原來天真地在各高危區徜徉，希望感染病毒，好多人打了兩三針仍中招，也有人因此死去——英國專家研究所指，有10%從未感染確診逃過疫災的是「天選之人」。

阿保告訴矮子：「我中招了，發燒、咳嗽、流鼻水、頭痛、骨痛、全身乏力——可三天後，吃點成藥喝點水倒頭大睡，竟好了，還有抗體了，真氣人！」

矮子道：「命不該絕——」

「看不到前景，在這一團糟的香港，還是死了好。」

「你望着大海就是前景？」
「我血氣一湧就跳下去……」
「唔，還是不夠勇。」矮子帶着嘲弄：「有得救！」
「你先救自己吧，你不也望着大海把心一橫？」
「哦，我再聲明：連一丁點尋死的念頭也沒有，你不要冤枉我。」
「難道你死過？」阿保問：「抑或已經死了？我不怕鬼，你大不了推我下海找替身，我死了，便也去找替身……」
「是嘛，多無聊！」矮子笑：「我不是鬼，我是龜。」
「龜？」
「五短身材有個硬殼的龜，我歲數太大，說出來嚇親你。不過我眼睛不好，只一眼殘存少許視力，接近盲。」
「盲龜？你開甚麼玩笑？」阿保自嘲：「我一無所有，心灰意冷尋死的人，但你比誰都長壽，吃飽了撐的？混吉！」

尋死的人專心致志，對自己作為清楚明白，喝點酒，意識遲鈍，猛地縱身一跳，背囊中的兩個啞鈴發揮作用了，增重下墜屍沉大海，死得痛快而安全，還是全屍，比跳樓好。

「看我裝備！」阿保道：「你一隻龜懂甚麼？」

「你看海——」

「甚麼？」

「看到甚麼嗎？」盲龜自己一片迷茫，便提示他：「那是寶貴的東西，看到沒？」

「海面垃圾有何出奇？寶貴？神經病！」

「那不是一塊浮木嗎？」

「是個破膠袋。」

「哦——」他失望了。

阿保問：「一塊浮木值得你那麼忐忑？」

盲龜嘆：「我等了千年了。」

淪落到成為一隻龜，還是盲的，當然有前因後果，一句話：「不珍惜」。不珍惜做人的機會，殺了人，又自殺，這是「業」。終究淪為一龜，在水中浮游了不知多少日子。

「人身難得呀！」

從這裏游到那裏，什麼佛說、諫言，其實對他再世為人沒有幫助。要得人身，需求「巧遇」。

每隔百年一回機會，在汪洋大海中，遇上一塊漂浮的小木板，板上有個孔洞，不大，剛好足夠一個海龜的頭向上伸出，探首迎向陽光，才是出頭出生天之時……貪睡錯過了、撞木半昏了、頭碰壁般值不上孔洞、木板溜走了……大海無邊，浮木漂渺，隱約趨近，卻似有若無，還變幻象，須再等百年。

「我再長壽，千載只等一個機會。」盲龜道：「真是難！難！難！」

他又問：「你要學我嗎？」

阿保不答。

「你現在跳下海中，就會是另一個我了。」盲龜道：「你覺得值，就跳吧。」

阿保不答。

「你以為我真是無所事事吃飽了撐的？」盲龜道：「我是在『儲分』。」

——儲分？

人人都是兩手空空，就憑意志和努力，給自己的生命「儲分」吧。只要有一口氣，有賭未為輸，說不定也有點「揸拿」——像阿保的名字，也

似買個保險。

自主擁有生命，為甚麼輕言放棄？不管老病、窮途、情困（女中學生還是雙雙尋死）、供不起樓……欠債也有還的一天，人在情在，有去樓空，人走茶涼，人死燈滅。

「星途無限的姜B，少時也是個沮喪自卑的二百磅大肥仔，但他克服又過關了；有更勵志的，做過地盤工的江湖基層阿威，在荃灣街市當豬肉佬，尊稱豬肉切割員，也會『被』爆紅，闖出一爿天。」盲龜笑：「醉翁之意不在酒，醉婦之意不在豬，哈哈哈！」

「大佬，其實人人都差不多吧。」阿保不服：「也得靠人事或者操作，靠運氣——咦？你又知有個豬肉威威爆紅嘅？」

「喂，我是盲，不是聾，更不是懵——到底人老精，龜老靈，千年太陽底下無新事，靠運氣也得靠準備，人家說『哪裏跌倒哪裏站起』——站不起？爬吓爬吓也可以了。你執一執，都唔差。」

見阿保不語，盲龜耐着性子：「記得星爺電影台詞嗎？終需有日你也會像漆黑中的螢火蟲一樣，咁鮮明，咁出眾，你憂鬱的眼神，欷歔的鬚根……」

「算了盲龜——」阿保失笑。

「你當我講佛偈吧。」他沒有氣餒：「我也勸退過一些人：一個執笠店主至多打番工重新出發；一個被劈腿渣男傷害的女子，醒悟分手才是給自己一條生路……不過，上周失敗了，一個長期病患的阿伯還是跳海——」又道：「後生仔，想通了沒有？你自己決定啦。不會逼你。」

良久。阿保道：「你就儲我這1分吧。」

「好呀好呀！」盲龜開心得很：「我已有9分，如今就差你這1分！」

遊戲規則變了：時移世易，時空轉換，與時並進……與其千年等運

到，不如積極「儲分」：主動出擊，鼓舞鬥志，救人一命得1分，一一加上去只為再世為人，儲夠10分便脫胎換骨，前景欣然。

盲龜道：「近年疫境加逆境，尋死的人多了，所以我的目標也近了，人望高處，龜望身浮，『正能量』才令人更有出息。」

「給我一個機會吧！」他像個Top sales一般，等埋門一腳簽夠落訂，大功告成。

阿保心也寬了，只把他那「沉重」的背囊用力一擲，拋下水中。

大海茫茫，背囊是他的負擔和心結，一沉到底。

咦？海面忽然出現一物——

那是一塊浮木！小木板上有個孔洞，不大，正瞧着——

「撲通」一聲，盲龜縱身跳入海中，游近浮木，頭一伸，正中孔洞，急抬望天邊，隱聞轟然一響，似見霞光萬丈，因魂脫離笨重累贅的軀殼，蛻形為人，重獲人生。

逃出生天，修成正果，唉，也真是難。幸好堅持不懈，才不致成為化石。

「Good job！」阿保喝彩：「中！好嘢！」

「你也找個 Good job！」盲龜在消失之前，向阿保高喊：「做人不容易，千萬要珍惜！加油！」

阿保望向綺夢般的海天一色，等待他的否極泰來。

留得青山在，那怕沒柴燒？

他才不願做一隻覺悟得太遲的盲龜……

白虎

死者是四十二歲的卡薩吉里殊。

死在白虎的籠中。

據目擊者道：

「下午三時零九分左右，男人不知如何進入白虎籠內。那時母虎午睡，小白虎在遊憩。男人認定了牠，與之有語言及肢體接觸——誰知白虎突然目露兇光，兩耳直豎，發狂地用前掌『啪噠』一下把男人打倒在地，然後衝前咬住他的咽喉。男人極力掙扎，大聲狂喊：『為甚麼？為甚麼？』白虎噬斷了他的咽喉，還在地面用力拖出一條血路。我們都嚇呆了。不久，齊向白虎發出吆喝，企圖阻止。但牠悶吼，用利爪把他的身體撕扯，血肉模糊。擾攘了好一陣，獸醫來了，遠遠給牠開了麻醉槍……」

目擊慘劇發生的遊人，其實沒聽清楚，在混亂中，卡薩吉里殊是這樣狂喊的：——

「雅迪莎，為甚麼？你不是認出我了嗎？為甚麼？」

三歲的雌性白虎拉娜，被麻醉後獨立囚禁，專人看管。

沒有人知道為甚麼牠會獸性大發？之後又眼有淚光。

還有，大家不知道該怎樣處置牠？

白虎是世上受保護珍稀動物之一。

根據歷史記載，現時世上只得二百頭白虎。統統是 1951 年印度捉到的一頭孟加拉白虎之後裔。全身「白化」只剩黑斑的老虎，是動物製造色素的基因出現變異而致。

一百年前，亞洲共有九種老虎，但時至今日，大部份已絕種，僅餘印度虎、孟加拉虎、東北虎、華南虎。數量日益減少。

這頭小白虎，是當局安排因近親繁衍已近退化的白虎，和一頭顏色普通的老虎交配，以其後代再和白虎交配，「隔代」而生。

那麼，是卡薩吉里殊對這珍稀的奇獸情有獨鍾嗎？——但他以身試法，實在有點不智。再者，究竟他想謀殺白虎？抑或把白虎帶走？動機成謎。

飼養員作供：「白虎天性多疑善妒，但不致於如此強悍攻擊。牠久困鐵籠中，野性稍馴，除非受到特別的刺激。」

死者是新德里的富商。斯文有禮，受過高等教育，說一口流利英語。印度是貧富極懸殊的國家，卡薩吉里殊乃餐飲業巨子，沒有人可聯想到他會橫死在海得拉巴市的動物園中。

警方和動物園方面受到一點壓力，他們得盡速破案。

先追查死者最後露面地點，是一家五星級酒店。

海得巴拉不算遊客區，來了個富裕的客人出入，大家都注意到了。

他在酒店致電動物園負責人：「我要見雅迪莎，我要把她帶走。」

他口中的雅迪莎，即是白虎拉娜。

動物園的負責人沒好氣。「先生，我認為你最好去看精神科醫生。」

有些人戀物，有些人戀獸，都是心理變態的瘋子。但卡薩吉里殊的下屬都可提出證明，老闆心智正常。且他日理萬機，頭腦精明。

舉個例，向來印度人受英國酒文化影響，獨愛威士忌，多過白蘭地。他們喜歡烈酒，少喝啤酒。但這兩年的夏天，酷暑難熬，老闆看準了優閒酒吧以冰凍啤酒吸引年輕白領，時尚之餘，大有進帳。

他還結合印度風俗，調出雞尾酒式「血啤」，即在啤酒中加入印度人最愛的番茄醬。

——想不到他倒身血泊中，自己成為「血啤」。

警方在他的貴賓套房中，發現一大批資料——書籍、舊照片、日記……其中一本日記，已被掀得有點殘破了。

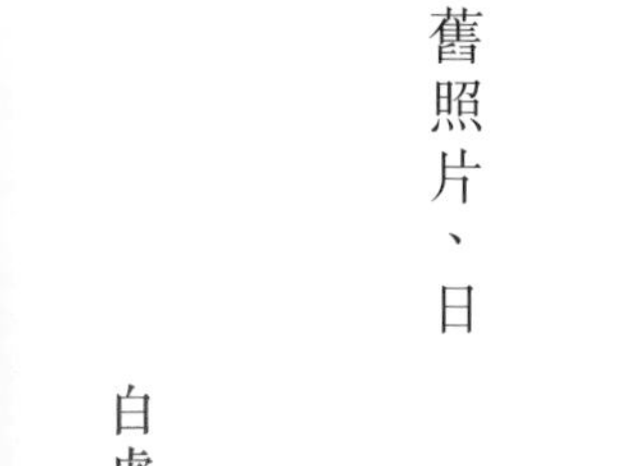

是1998年，死者與妻子同遊北方邦亞格拉「泰姬陵」的一些恩愛紀錄。

妻子名字就是雅迪莎。

他們每有假期，都愛到這如同一個白色綺夢的「泰姬陵」，攜手共度寧靜而深情的滿月之夜。銀色月光下，正方形，高度超過四十公尺，全以堅硬而純正白色大理石建成的陵墓，是世界七大奇蹟之一，反映着白得帶紫的神妙光澤。陵墓四壁與內部以珠寶玉石鑲嵌，大門是紅色砂岩營造。為了這一片夢幻白，原來動用了二萬多名工匠，經歷廿二年，花上了二億三千萬美元……

但感動他們的不是豪華宏偉，而是它的意義。

蒙古王朝莫臥兒第五世帝王沙加罕，娶了美貌賢淑的蒙坦斯瑪哈（「泰姬」）為妻。她為他生下十三名子女，最後在隨夫出征途中，因懷第十四個孩子難產而死，生離死別，令沙加罕一夜白頭。那是1629年。

泰姬生前曾向沙加罕提出四個請求——死後為她建立一座輝煌的宮殿、另覓女子再婚、善待子女，以及每年的忌日能去墓前探望。雅迪莎說：「我也向你提出這四個請求。」

卡薩吉里殊制止她：「這些我全部不能答應——因為若你死去，我就如同沒有靈魂的石頭，還有甚麼作為呢？」

歷史中的沙加罕費盡心思興建「泰姬陵」，還在對面給自己準備了另一座雄偉的黑色大理石陵墓，以橋相連。但他執政末年兒子政變奪位，把他幽禁，長達九年的黑暗歲月中，只能向愛人陵墓遙祭，溘然長逝。

卡薩吉里殊向愛妻道：「我們不要羨慕死後的華麗，珍惜生前每一刻才最重要。」

「是的，」她歎：「當我的骨灰隨聖河的水流入南端印度洋時，最好的祭品和祭禮也是虛空。」

——一語成讖。

那年初秋。

還沒有過排燈節，節目中供信眾參拜的「毀滅」女神像尚未修葺好，雅迪莎因心臟病入院。

一直在半昏迷狀態。

卡薩吉里殊握着她的手，三天三夜不願放。他有錢，但他買不到生命，不但來不及生下子女，瀕危的人也無法延長多一秒鐘。

最後的一刻，她忽然清晰地，喃喃自語：「我見到白色，我見到一片白色，好白好白……」

恆河是印度的聖河。作為四大文明古國之一，經歷了千年文明洗禮，印度人仍堅持他們的古老習俗和儀式。

早上五時，天沒有亮透，是淺淺的紫色，霧氣籠罩下的恆河岸邊，已有潮水般的人群湧至。

來自印度各地的朝聖者開始擠滿了碼頭、階梯……甚至半身已浸浴在河水中了——他們相信恆河是由三位一體的真神腳趾流出來的聖水，可以把靈魂徹底洗滌清潔，變成新人。

他們莊嚴肅穆地面朝東方初升旭日膜拜、唸誦、冥想、沉思，各有各的形式。

也有人洗臉、漱口、洗耳、洗頭、擦身、抹油膏、洗衣服、曬衣服、燃點蠟燭……有些浸在水中，雙手合十，虔誠禱告，然後把聖水喝進肚中。這些聖水，雖然混濁得呈綠褐色，受盡污染，但他們相信，惟有聖河，普度眾生。

一列豪華的車隊火速把雅迪莎的遺體送到瓦臘納西——梵文的意思是「神的入口」（或「喜馬拉雅山雪水的入口」）。

瓦臘納西是恆河流域七個神聖地方中最接近真神，最永恆的心靈休憩所。任何印度教教徒，有生之年都要來此朝拜一次。死後，也希望屍體在這裏舉行火葬救贖，否則人生就冤枉了。

卡薩吉里殊吩咐所有人：「必須在死後廿四小時內，讓雅迪莎遺體火化！」

在曼卡力河堤的火葬場，除了小孩、傳染病患者、意外橫死者和人瑞之外，每天都有屍體送來火化。貧窮的人付出幾個盧比解決後事；浪漫的人出殯行列滿是花香；孝賢的人為父母長者衷心默禱……

卡薩吉殊把亡妻用傳統的紅布包裹，幾個下人扛起來，放到恆河中浸泡一下，洗去罪孽和憂愁，屍體擺在高大寬敞的台階上讓水流乾，然後放置木堆上，再澆上油，由最親愛的人點火……

燈籠升起了。

眉間點了硃砂的屍體發出焦臭的味道。

最後化成灰燼。

最難言的痛楚，是生死無常。最寬懷的一刻，是深信地、火、水、風、空等五個元素透過肉體被破壞，終也回歸天界。

一個蓬頭垢面，長髮長鬚和破舊的布條胡亂披搭蚪結着的修士，向卡薩吉里殊道：「她會再來的。」

又道：「她會告訴你的。」

日照當空，塵歸塵，土歸土，愛情、財富、名利、權勢，都是聖河中一撮灰，滾滾南流，永不回頭。

他把玫瑰、夜來香、萬壽菊和香草，放流恆河。然後用名貴的金屬瓶，盛回去一瓶聖水，供奉在她的靈位上。

他沒有另覓女子再婚，也沒有生下一兒半女，但三年來，每年忌日都

拜祭——他沒有為她建陵的宏願，但他相信那個夢！

最初，總是夢見白色。

漸漸，他夢見一雙炯炯有神的，不像人的眼睛。

他夢見一個柔韌但矯健的，不像人的身體，白色的。

他夢見尖利的牙齒、鋼刀似的指爪、帶粗硬肉刺的舌頭、鐵棍似的尾巴、又長又靈的鬍鬚、又黑又大，還在夜間發出綠色的光芒的眼睛……

這個月圓之夜，他燃點着蠟燭，在「泰姬陵」旁的朱木拿河，因為思念和疑惑，不知不覺，又進入夢中。

直至被不知名的黑鳥，發出尖銳怪叫，劃破夜空，也劃醒了他的夢。

他明白了。

他相信「牠」就是雅迪莎的輪迴轉世。

三年了，她再來，她用這個方式告訴他——她已變成一頭白虎。

癡情的卡薩吉里殊決定找尋這頭白虎。

他用盡一切方法打聽——其實不太困難。

印度動物園都有白虎的紀錄。

剛滿三歲的白虎只有一頭。在海得巴拉市。

夢中的白虎，深深地望着他。他知道，他非得把她帶走，到一個沒有世俗煩囂騷擾的地方，好好地再續未了緣。

卡薩吉里殊近日只有一樁心事，世上沒一個人知悉。

動物園中的飼養員在死因法庭上繼續作供：

「我已是第三次見這個人了。他最初在鐵籠外徘徊整日，與白虎拉娜癡癡對望。時間到了，要關園了，他依依不捨。第二天一早又來，懇請我放他進籠內。我怎會答應？太危險了——他掏出一大疊鈔票，看來足夠我好長時間的花用，這誘惑也很大，不過我還是拒絕了。他是個瘋子，我向

上級報告了這件事。原來他早已在電話中勸告過他了……」

當飼養員第三次見到卡薩吉里殊時，他已是被白虎咬斷了咽喉，死不瞑目的血肉模糊的屍體。

卡薩吉里殊的信念沒有人了解，當然也沒有人支持。

他是偷偷的潛入園中。然後攀入鐵籠內。

當他勉力進行這危險的攀爬時，還摔倒過兩次。手腳都被嶙峋的石頭和尖銳的樹枝劃破。為了跟她相會，他顧不得傷勢，根本不在乎流血。

這不是巧合。

他夢到白虎，而眼前的白虎是她死後的化身，剛剛三歲。他已等不及了。

是的，白虎拉娜見到他，馬上有微妙的反應。

他驚喜又慌亂地揮舞着雙手：「我來了，我終於找到你了——我很掛念你！」

白虎向他趨近，非常專注，目不轉睛。嗅覺靈敏，視力優秀，步履深沉。

一切盡在不言中。

但在電光石火之間，白虎痛苦而瘋狂地吼叫，極度衝動，如天性指使，身不由己，一陣狠惡而腥臭的疾風中，突然目露兇光，兩耳直豎，發狂地用前掌「啪噠」一下把心愛的男人打倒在地，然後衝前咬住他的咽喉。他極力掙扎大聲狂喊：「雅迪莎，為甚麼？你不是認出我了嗎？為甚麼？」

沒辦法鬆開利齒，她噬斷了他的咽喉，還在地面用力拖出一條血路。

他的血！

他的血！

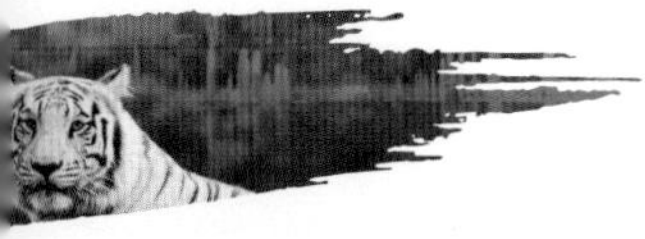

——當他走過來，當自己趨近，她似乎記得一點，又認得一點……

但，她嗅到濃烈的香味。自他身上、手上、腳上淌血的傷口散發出來，刺激她的嗅覺神經，傳至大腦。血腥的誘惑，蓋過一切。老虎的天性便是渴望和攻擊。這是她久違的美食，絕對不可以放過……

她是母親與兒子交配而誕下的良種，「隔代」而生的珍稀奇獸。人有所謂亂倫，大逆不道，但獸不會。

人有盟誓、思念、忠貞、癡戀、永恆，和再續未了緣，但獸覓食、交配、各據山頭，為優良後裔鬥爭。還有，從不控制自己，毋須承擔後果。

殺機一起，已成定局。

或許，她曾經是人，但咫尺天涯，獸就是獸。

她嗜血。

凌遲

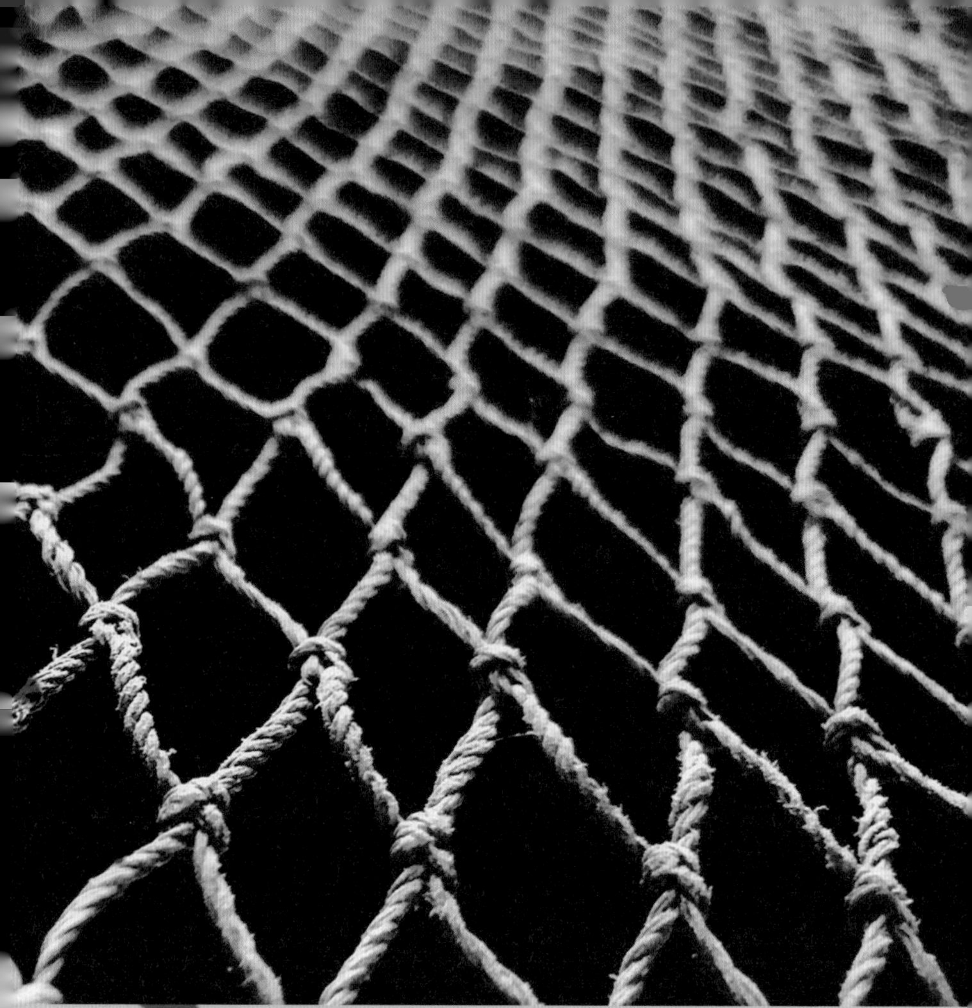
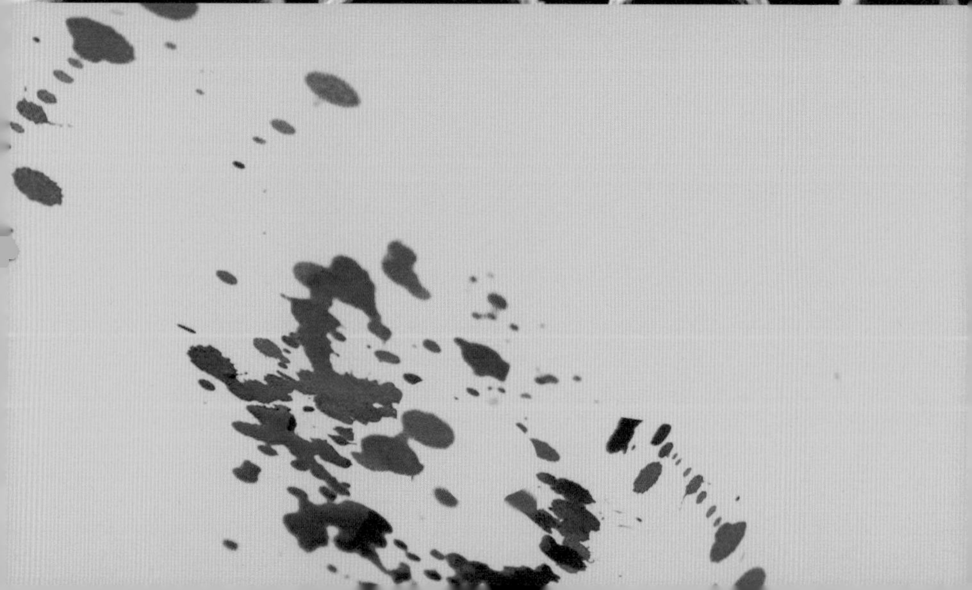

余景天頭上捆着綳帶，隔着病房的玻璃望進去，愛兒繼宗蹺成一個蛋狀，因鎮靜劑的效用，已昏迷睡去，但仍不時抽搐，隱見滲出冷汗。他身上又出了紅斑——就像全身佈滿傷口，體無完膚。

這是余繼宗的一個怪病。

最初是兩歲時傭人餵他吃一碗鮮魚片粥。他忽聞腥嘔吐，混身辣辣的劇痛，火燒火燎一樣，受不了時，滿地打滾，以頭撞牆，抽筋狂哭……以致昏倒，不省人事，一如死去。以後一旦發作，每回聞一聲聲悽厲哭喊，余景天都心如刀割，千刀萬剮。

自己是大男人，恨不得代嬌嫩的孩子承受，但疾病和痛苦，是無法代換的——這是余景天最大的折磨，一如酷刑。

曾有幾回，孩子一度只餘一息。看盡名醫，花費不菲金錢，始自鬼門關扯回陽世。

這晚鬧上醫院，卻是另一事故。

病房門外還有警員駐守，等待錄口供。

余繼宗，十七歲，洋名阿Joe。送來時涉嫌在Rave Party服食「搖頭丸」，大失常性，在男廁不知如何與人發生毆鬥，並打傷三人。其中一人，是接報後趕赴現場的父親。

余景天是本城名人，富豪。

鎂光狂閃，他父子二人次日必定成為報章的頭條。

——也是「身敗名裂」的開始。

來時他正與公司高層徹夜開會。

科技網絡泡沫，來得快，爆得更快。互聯網世界，有很多機會，但亦有很高風險。余景天的大型科網公司半年前上市，雖引起熱潮，但一直「燒銀紙」，虧損太大，上兩個星期已裁員一百人。

凌晨開的大會，股東心情沉重。因為負債過重，無法止血，打算清盤了斷。余景天正面臨他事業上最大難關。「噩運」鐵面無私冷面無情，不會因個人的心情沉重而稍加惻隱，或略為放緩。人遇上「噩運」，是無路可逃的——而他身邊的謀臣好友和女伴，則已聞風而遁了。

他色如死灰。

正在此際，駁進會議室的電話鈴聲奪命地響，一定有更重要的事發生了……

凌晨兩點，在碼頭附近舉行的狂野派對正在高潮。

每個週末，這些 Rave Party 都吸引大批好奇貪玩的少男少女，上了癮地，瘋狂一個通宵。是時下最 in 的去處。

場內煙霧瀰漫，射燈亂閃，雖然又熱又焗，還充斥着人味、煙味、藥味、嘔吐物和體液的臭味，但在震耳欲聾的強勁音樂下，這些喝得醉醺醺，又吞下紅、綠、橙、白……各色「忘我」搖頭丸的男女，High得獸性大發，粗口狂爆，脱衣亂舞，男女擁抱濕吻磨擦。即使「同志」，一時興起，即赴廁所造愛發洩。

余景天見到他的愛兒阿Joe，一身血污，被幾名警員抬出來。

他不斷掙扎，歇斯底里。還磨着牙，流了滿襟口水。今年流行的金色上衣敞開，赤裸的胸前掛了個奶嘴，想是垂涎時用來啣着。牛仔褲拉鏈半褪，褲襠間還有精液穢漬。虛脱腳軟。

慘不忍睹。

由於這些Rave Party已成為軟性毒品的王國，他們吃丸仔就像吃糖果一般容易，警方早已密切注意，並且高姿態地展開行動。

同另外兩類大熱的毒品「K仔」和「冰」一樣，「搖頭丸」（亞甲二氧基甲基安非他命），服用二十分鐘至一小時之內，中樞神經極度興奮，產生幻覺，飄飄然靈魂出竅，如上太空，視線模糊，記憶衰退……把一切不開心的前塵，全部拋諸腦後，徹底「忘我」，達「狂喜」境界。

余景天根本不知道，阿Joe甚麼時候，變成這裏的中堅份子。

他的心，同愛兒的心，跳得一樣快一樣亂。

顧不得面子，脫下價值數萬元的上衣，裹在愛兒頭臉——誰知他不領情，以被手鐐銬着的雙手擊倒父親，還狂踢了數腳。失去常性的「公子」？

記者們熱愛這些煽情奇景，不斷拍照。

送院時，記者追問醜聞：「余先生，阿Joe是Rave Party的常客，你對他濫用軟性毒品有何感想？」

「聽說他在廁格內造愛時被另一名同志襲擊，才發狂還手？」

「此事是否牽涉同性戀的爭風呷醋？」

「阿Joe有沒有女朋友？他這回鬧事，身為社會上有名譽有地位的你，會不會有點失望？」

律師趕至前，警方問他：

「余先生你抵達現場時，目睹余繼宗的表現如何？知否對警員有所行動？」

「……」

他都保持緘默，一言不發。

——最「恐佈」的問題在後頭。醫生關上門，同他面對面：

「我們會為令郎作詳細檢驗——他在派對中打傷的負心郎Chris，是感染愛滋的同志。並已承認，二人曾在廁格倉卒發生過性行為……」

醫生凝重地道：

「但在結果出來之前，一切只是假設。你或需心理準備。」

又問：「令郎把你打倒在地上，他的血液也許沾上你的傷口？……」

余景天在商場上運籌帷幄，精明能幹。他富甲一方，氣派十足。進出都是向他低着頭的人在侍候。此刻，他像個混身血液被抽走的行屍走肉，空洞而萎頓。四十七歲的盛年，如同九十四歲一樣衰老。

「甚麼？」

他驚惶跌坐，一臉茫然。「你說甚麼？醫生，你再說一遍——」

他雙目發出三歲孩兒的恐懼、無助和天真：

「我可是聽錯了？」

——他大半生的奮鬥、財富和希望，一夜之間，毀在自己心愛的兒子手上？他沒做錯過甚麼呀。一定是聽錯了。

繼宗確是他命根子。精神寄託。

出生時難產，母親因而死去。這被救活的嬰兒徒具一雙大眼睛，只得四磅，氣如游絲。余景天萬分悲痛。把愛妻之心都集中他身上，不但疼愛，甚至溺愛。事事順從，不敢拂逆。

小時體弱，吃藥吃人參長大。

極度任性，傭人每兩三個月換一個，也不稱心。

每回發病，混身出紅斑，都把家中一切貴重物品砸爛，無人可以攔阻。幾個康雍乾年間的古玩已成碎片。

倦極倒地，慘痛的折磨又楚楚可憐。父親的心也裂作碎片。

看的醫生，盡是城中最貴最出名大國手。

怪病時好時發。以為繼宗不祥。他讓一位半退隱江湖的占卜師給算了一下。

八十三歲的董大師，因白內障，視力不清。他搖了搖頭：

「唉，你順着他，以最好的待他，要甚麼給甚麼。看看可否化了。」

「『化了』甚麼？」他問。

凌遲

老人不答。良久，只道：

「還債呀。兒女都是來討債的債主，不是麼？」

老生常談。

「欲知前世因，今生受者是；

欲知來世果，今生作者是。」

這種因果命理，聽得耳熟能詳。

但余景天是高科技電腦化時代的傑出人士。有些東西，完全沒有科學根據，亦不能精細分析，無從稽考，以訛傳訛。人們竟還迷信了數千年？

他不以為然。

心想：「我白手興家，半生沒作過甚麼惡。愛妻也本性善良。怎會生下惡兒？」

妻子曲紫妍，是外省人。他第一個女人。

怎麼認識的？

那一回，余景天還是個大學生，半工半讀。匆促去補習途中，過馬路與一個女孩相撞，女孩仆倒，一輛汽車駛來，他不假思索，把她抱起往外滾，避過意外。

曲紫妍嚇得臉色青白，在他懷中好一會也不能言語。只望定他，沒眨過眼……

一雙哀怨的眼睛令他傾倒。

這哀怨的眼神，我似曾見過。或者，這便是「緣份」。

逃不掉！

一切進行得很順理成章。曲紫妍是個冷淡不愛説話的女孩，認識他時才十七歲，然後默默地成為他的女朋友，跟着他，不生二志——好像「非君不嫁」似的。不知為感他救了一命，抑或懶懶的不想另有煩惱。就這樣吧。

交往多年，余景天結婚了。

夫妻之間不算熱情。曲紫妍總是淡淡的，一切由余景天主動。小鳥依人。

後來懷了繼宗。

那年余景天愛妻情切，陪她入產房……

本來還是好好的，誰知生產時，胎兒忽有異動，頭部亂搖，出不來。產婦大量出血，大限將至。余景天見到鮮腥的血如崩堤而出，孩子又悶在裏頭，震撼得失禁。幾乎沒昏過去。但兩個只能救活一個。

醫生着他一秒鐘決定。他痛苦地……

曲紫妍像個白紙人般，嚥最後一口氣。她說些奇怪的囈語，是余景天至今也不明白的。

她淡淡一笑：

「爹，為了把你生下來，我才來一趟，忍受着……好了，現在我死而無憾……」

他想，她神志不清，把人物調亂了，言語混淆了。她的意思應該是：

「Daddy，為了把他生下來，我才來一趟，忍受着……好了，現在我死而無憾……」

曲紫妍，他心愛的女人死了，孩子活下來——是她的一命，換回他的一命。

自此，余景天把繼宗看作心頭一塊肉。

他還有個不可告人的秘密，自從目睹產房的恐怖畫面後，已成為他的魔魘。他面對女人，喪失雄風。「不舉」的羞赧，難以啟齒——這是人生最大的樂趣呀！他失去了？不是「生理」，而是「心理」上障礙。

但除了這個遺憾，他的運氣卻大好，眼光獨到，投資獲利，身家越來越豐厚。

兒子來討債？才怪。是繼宗腳頭好，奪去了母命，從別一方面還給他才真。帶來數不盡的財富，以作補償。

他對兒子溺愛曾招來佈局綁架。十歲那年，司機聯同賊匪劫走繼宗。余景天急瘋了。

整整三天，沒吃進一粒米。

綁匪那頭的電話，傳來繼宗哀哭：

「爸爸……救我……」

他心痛心傷，無法形容。亦迸出急淚。

沒敢報警。付出了五千萬贖金。

只要愛兒無恙，平安歸來，就放下心頭大石。錢算得了甚麼？何況，下一樁生意便賺回來了。

所以，兒子是來還債的吧？

——他唯一的犧牲，是為了不讓兒子難過，也為了內疚，更為了他的「遺憾」，一直沒有再婚。欠缺完整家庭的溫暖。

他只交些為了錢，可以忍受他討好他的「女朋友」。

想不到十七歲青春期少男，啣着銀匙出生，也長得俊俏柔情，若考得車牌，禮物將是法拉利 360，他卻只交「男朋友」。

生活那麼靡爛，頹廢，還染上毒癖。前景黯然。

還——有可能——感染愛滋！

兒子尚在夢中。

隔着玻璃，一切像個噩夢。但「噩夢」會醒，吁一口氣，回到現實，重新做人。

而他的「現實」，根本就是噩夢。他喪偶、不舉、清盤、破產、眾叛親離、一無所有。心愛的兒子將失去，絕後，自己孑然一身，甚至也有可能……

「究竟我做錯了甚麼？」他在寂靜中向天悶吼了一聲。打開病房的門：「告訴我！告訴我！」十分痛苦。

凝視踡伏如子宮中一隻斑斕紅蛋的繼宗。他忽悠悠醒來。嘴角掛着詭異的笑容：

「你——認得我嗎？」

「阿Joe，別嚇爸爸……」

「不，你看清楚，」繼宗雙目反白，咬牙切齒：「我是邱永康！」

「誰？」余景天駭然。

「爾力，我說過：『來生定要做你的兒子！』，你忘了嗎？」

余景天陡然倒退一步，如着電殛。

他定睛牢牢看着病床上，那一身紅斑，一息尚存的「繼宗」——原意是繼承自己功業的意思。

一片迷惘。

電光石火之間，他記得這句話，和説這句話的人了。

邱永康——？

「來生定要做你的兒子！」

他記起了！

醫院的澄明白壁，忽轉化成一個刑場。眼前舊景，清晰如畫。

同治三年，他是一名劊子手。

爾力當了這一行近三十年，由師傅口授，並多回臨場實習表演——他是清廷「凌遲」極刑的第一好手。人尊為「力爺」。

這個尊稱好，是「憑刀出頭」。好似天生吃定這碗乾飯。

「淩遲」，即「陵遲」。「遲」是緩慢的意思，載重車子登百仞高山，因有平緩的丘陵斜坡，可以慢慢的，一步一步的拉到山頂去……。「淩遲」是零刀碎割，殘酷地把犯人身上的肉，一下一下的切下來，致「肌肉已盡而氣息未絕，肝心聯絡而視聽猶存」。加深和延長了受刑絕命的時間和痛苦。

黎明，劊子手爾力負責押解死囚邱永康往北京皇城西側甘石橋下四牌樓就刑。

「力爺」大名，令人毛骨悚然。一來是他工夫精細、準確——從沒多一刀或是少一刀。判刑廿四刀就廿四刀、三百六十刀就三百六十刀、一千二百刀就一千二百刀。拿捏恰到好處。

且為人貪婪、狠辣，每於刑前向犯人及家屬勒索財物遺產。他體型不算魁梧，但凜若寒霜，言辭有力。

清廷但凡捕獲武裝叛軍，皆判「淩遲」。

邱永康是太平天國農民起義軍一員。

咸豐三年正月二十八日，數十萬農民軍攻克了江寧（也就是明朝初期的首都南京）。各人都紮着紅頭巾，身穿短衣，突如其來的狂風暴雨赤霞漫捲……。

「天京」建立了。

十一年後，一介農民的邱永康，已榮陞為某支軍隊的頭領。但太平天國政治綱領：「在上帝面前人人平等」的耶穌教義，敵不過人性的自私兇狠。世上所有組織，都有權力鬥爭，自相殘殺。

同治三年六月初六，曾國藩指揮的清軍挖地道轟塌太平門，破天京，斬殺盡士卒，俘虜了一干頭領。

邱永康難逃慘無人道的酷刑。

他在獄中，面對大限，向小女兒叮囑後事。

爾力俟於門外，向他提報價目：

「前已說明：順我五千兩，可於三十刀後便刺心；三千兩，刀快些；一千兩，程序如常，可使利刀。」

「呸！」身陷囹圄的邱永康向他唾了一臉：「清狗！你我漢族，自相殘殺，臨危還來敲詐！你還是人嗎？」

爾力聞言：「啊哈，太平叛軍反清開戰，百姓受苦。下等農民，還不是自相殘殺？點天燈、剝皮、五馬分屍……都是你們內訌，發明來懲罰自己人的——」

「今日成為階下俘虜，已拚一死。可惜無法親眼目睹清賊滅亡。」邱永康對那緊咬下唇至發白，難掩倉皇的十三歲稚女道：

「紫兒，不要在狗的面前流淚。」

她哽咽：「爹，娘已上吊——」

邱永康叮嚀：

「一切已成定局，你要堅強，遠走高飛，改名換姓，忘記前事，一分錢也不要便宜了清狗！快走！不准相送。」

女兒下跪，拜別。

「快走！」邱永康趕她，大力跺足。

爾力怒恨。微微一笑：

「你是難逃一死。可你休想快死，力爺成全你，多受些罪吧。」

紫兒瀕行，眼神哀怨，緊抿嘴唇，不肯遽去。爾力瞅着她，對峙着。

終於，邱永康被押解至東牌樓下，衣服盡剝光，綁在一根十字木樁上。

圍觀的羣眾人山人海，水洩不通。中國人最愛看熱鬧，「淩遲」是所有死刑中，最血腥、殘忍、慘無人道，但又十分「細膩」的項目。

一如剪裁，一如繡花，一如烹調，講究的是刀章、手法、細緻工夫。大人，甚至黃毛小兒，都在事前三天便準備好了乾糧，參與盛會。

劊子手的手下，帶一隻小筐，放着鐵鈎、小刀。

望向頭兒爾力，他把頭一搖。各人會意，哦，這趟沒有油水可撈，力爺也受辱，不高興，所以，他們沒有一人，如前把小刀放在砂石上給磨得鋒利。

用的，全是鈍刀。

辰、巳時分，監刑官宣讀：「照律應剮一千二百刀。」

一千二百刀！

羣眾心驚膽顫，又引頸翹望。強抑的悶響和期待，令刑場一片死寂。

邱永康閉目就刑。

三聲炮響之後，爾力示意開始。

他道：「因剮一千二百刀，每次只能割上很小很小的一塊，我們還是用些輔助工具吧。」

手下搬出一個魚網，覆蓋在邱永康身上，再四下勒緊，令犯人的肉，從每個網眼中鼓出來，縱橫交錯，散佈均勻——最重要的，是大小一樣，非常公平。

邱永康嗅到一陣魚網曝曬過的腥味，也許是上一位受刑者的血的味道。他聽得爾力細語，遍體生寒的他耳畔一陣噁心的暖氣：

「愛從哪先剮？嗄？」

他用鈍刀把邱永康的頭臉胸腹四肢，敲敲拍拍，這裏、那裏……延搪着不下第一刀。任何地方都有可能……

虐待了好一陣，突一聲吆喝，先於胸前兩乳動刀。接着胸膛左右，據網眼鼓起處，割下十片指甲般大小的肉。初有血，三四十刀之後，因犯人疼極，閉氣咬牙強忍，血竟倒流體內。

「咦？怎麼不見血出？」羣眾竊竊私語，心有不甘。

爾力太有經驗了，便轉移方向，向小腹進軍，深剮一刀，血從此洞冒湧。

手下和羣眾嘩然一叫，才鬆一口氣。

刀既鈍，動作又慢，且不肯刺心。但邱永康一直咬舌至滲血，仍不吭一聲，不喊痛，不慘叫。他的堅強，令爾力感到震怒。

若受了錢財，手勢麻利，割肉的聲音應是「嗤——嗤——」。但此刻鈍刀在肉上拖沉磨蹭，發出「唔——唔——」的微響。

好不沉悶。

在三百六十刀之後，他決定每隔十刀，便小休一下，喝碗烏梅汁。手下端過來。在毒日下，犯人血肉已蒸漚腥臭。冰鎮過的京城名湯正好解渴。

爾力骨祿骨祿灌下幾口。道：「不夠酸。加烏梅！」

甜湯變酸了，但他沒有喝，只啣了一口，向邱永康身上狂噴。一陣錐心刺骨的「酸疼」，他暈死過去。

為了不讓犯人快死，便灌他稀粥續命。

邱永康像網中一尾動彈不得的，血肉模糊的魚，嘴巴一張一合。全身受勒，只有頭部可以轉動。他不停地搖着頭，左右左右左右左右，艱難地搖晃，企圖令痛苦減輕一點。

這樣每十刀一歇，每十刀一歇的……一直捱到黃昏，「魚鱗細割」的肉塊，全掛着一絲薄薄的皮，往下吊，又不離體，扭動還更受罪。無法擺脱。人不如獸。生不如死。

胸腹、雙肩、兩手、雙腿、手指、足趾、臉面、眉額、背臀、手掌、腳底、嘴唇、頭皮、性器……就是不取心臟要害。

爾力道：「你想一刀了斷嗎？你求我吧，我再考慮。」

邱永康一身腥紅，體無完膚好肉。他雙目睜得老大，連眼眶也睜裂了，怨恨至極：

「清狗！」

日落之前，爾力暴喝：

「第一千二百刀！」

這最後一刀表演，才直刺心臟。

邱永康抽搐一下，雙目反白，咬牙切齒，迸盡一點力氣：

「來生定要做你的兒子！」

爾力大笑：

「你悔了吧？降了吧？好！來生再侍候老子！哈哈哈！哈哈哈！」

哈哈哈！

余景天認得他自己的笑聲。是那麼痛快，得意，勝利。一個劊子手戰勝了頑強的犯人。來生喊他「爹」！

他駭然：「你是邱永康？」

他陡地憶起，愛妻曲紫妍的眼神。

是的——她是「她」：邱永康的女兒。

女兒來世上一趟，忍辱負重，同仇人上床受孕，只為一個心願，便是「把父親生下來」？之後她死而無憾？

不！不不不——

不是你死，便是我亡！

余景天連忙取過一柄切水果的小刀，緊握在手——他尋仇來了，他索命來了……先下手為強。

病床上那虛弱的十七歲少年，那令自己身敗名裂，兩手空空，命懸一線的愛兒，喘着微微氣息：

「爸爸——我口渴，我痛！救我！」

又悽喊：「給搖頭丸！我要『忘我』！」

余景天的心又矛盾了。

這是我的兒子，我的血脈，我的親生骨肉呀！

父子哪有得選擇？

他迷失在因果的幻覺中。她是誰？你是誰？我是誰？

「爸爸……」

潮州巷

電視台的美食節目要來訪問，揭開我家那一大桶四十七歲的滷汁之謎。

我家的滷水鵝，十分有名。人人都說我們擁有全港最鮮美但高齡的陳滷。

那是一大桶半人高，浸淫過數十萬隻鵝，烏黑泛亮香濃無比的滷汁。面層鋪着一塊薄薄的油布似地，保護那四十七年的歲月。它天天不斷吸收鵝肉精髓，循環再生，天天比昨日更鮮更濃更香，煮了又煮，滷了又滷，熬了又熬，從未更換改變。這是一大桶「心血」。

滷汁是祖父傳給我爸，然後現在歸我媽所有。

美食節目主持人在正式拍攝前先來對講稿，同我媽媽綵排一下。

「陳柳卿女士，謝謝你接受我們的訪問——」

「不。」媽媽說：「還是稱我謝太吧。」

「但你不是說已與先生分開，才獨力當家的？」主持人道：「其實我們也重點介紹你是地道美食『潮州巷』中的唯一女當家呀。」
「還是稱謝太吧。」她說：「我們還沒正式離婚。」
「哦沒所謂。」主持人很圓滑：「滷汁之謎同婚姻問題沒甚麼關連，我們可以集中在秘方上。」
「『秘方』倒談不上，不過每家店號一定有他們特色，說破了砸飯碗啦。」她笑：「能說的都說了，客人覺得好吃，我們最開心。」
我們用的全是家鄉材料，有肉桂皮、川椒、八角、小茴香、丁香、豆蔻、沙薑、老醬油、魚露、冰糖、蒜頭、五花腩肉汁、調味料……，再加大量高粱酒，薪火不絕。每次滷鵝，鵝吸收了滷汁之餘，又不斷滲出自身的精華來交換，或許付出更多，成全了陳滷。
媽媽透露：
「滷水材料一定要重，還要捨得。三天就撈起扔掉，更新一次——材料倒是不可以久留。」

是的，永恒的，只是液體。越陳舊越珍貴。再多的錢也買不到。

媽媽接受訪問時，其實我們已離開了「潮州巷」。因為九七年五月底，土地發展局正式收回該小巷重建。

從此，美食天堂小巷風情：亂竄的火舌、霸道的香味、粗俗的吃相、痛快的享受，都因清拆，化作一堆泥塵——就像從沒存在過一樣。

我們後來在上環找到理想地點，開了一間地舖，繼續做滷水鵝的生意。

這盤生意，由媽媽一手一腳支撐大局，自我七歲那年起……

七歲那年發生甚麼大事呢？

——我爸爸離家，一去不回。

他遺棄了我們母女，也捨一大桶滷汁不顧。整條「潮州巷」都知道他在大陸包二奶。保守的街坊同業，雖同行如敵國，但同情我們居多。

他走後，媽媽很沉默，只關門大睡了三天，誰都不見不理，然後爬起床，不再傷心，不流一滴淚，咬牙出來主理業務——雖只是大牌檔小店子，但千頭萬緒，自己得拿主意。

而爸爸也好狠心，從此音訊不通。

我是很崇拜爸爸的——如同我媽媽一般崇拜他。

在我印象中（七歲已很懂事的了），爸爸雖是粗人，不算高大，但身材健碩，長得英挺，他胸前還紋了黑鷹。

他不是我同學的爸爸那樣，拿公事包上班一族。他的工作時間不定，即是說，廿四小時都忙。

我們的滷水鵝人人吃過都讚不絕口。每逢過年過節，非得預訂。平日擠在巷子的客人，坐滿店內外，桌子椅子亂碰，人人一身油煙熱汗，做到午夜也不能收爐。

最初，爸爸每天清晨到街市挑揀兩個月大七八斤重的肥鵝，大概四十至五十隻……後來，他間中會上大陸入貨，說是更相宜，鵝也肥實嫩滑些……

他上去次數多了。據說他在汕頭那邊，另外有了女人——別人說他「包二奶」，憑良心說，我爸爸那麼有男人味，女人都自動投誠。附近好些街坊婦女就特別愛看他操刀斬鵝。還嗲他：

「阿養，多給我一袋滷汁。」

「好！」他笑：「長賣長有！」

爸爸的名字不好聽，是典型的泥土氣息。他喚「謝養」，取「天生天養」。但也真是天意，他無病痛，胸膛寬大。斬鵝時又快又準，連黑鷹紋身也油汪汪地展翅欲飛。

孔武有力的大男人生就一張孩兒笑臉。女人不免發揮母性。對於同性來向自己男人搭訕，我媽再不高興，也沒多話，反而我很討厭那些醜八怪。老想捉一隻蟑螂放進去嚇唬她們。

媽媽其實也長得漂亮。她從前是大丸百貨公司的售貨員，追求的人很多。但她驕傲、執着、有主見。她知道自己要甚麼。

——她只是逃不過命運的安排才遇上我爸的。

當她還是一個少女，某次她去游泳，沒到中途忽然抽筋，幾乎溺斃。同行的女同事氣力不足，幸得殺出個強壯的男人把她托上岸去。不但救了她，還同她按摩小腿，近半小時。

他手勢熟練，依循肌理，輕重有度。看不出粗莽的大男人可以如此節制，完全是長期處理肉類的心得。

「怎也想不到他是賣滷水鵝的。」媽媽回憶道：「大家都不相識，你竟非禮我老半天！」

他笑：

「我是你的救命恩人，你不過是我手上一隻鵝。」

她打了他十幾下。也許有三十下。自己的手疼了，他也沒反應。

她說：

「誰都不嫁。只愛謝養。」

外婆像天下間所有慈母一樣，看得遠，想得多。她不很贊成。只是沒有辦法。

米已成炊。

大概是懷了我之後，便跟了他。

跟他，是她的主意。失去他，自力更生，也是她的主意——由此可見，我媽媽是個不平凡的女人。

如果她不是遇上命中剋星，泥足深陷，無力自拔，她的故事當不止於此。

只是她吃過他的滷水鵝才一次，以後，一生，都得吃他的滷水鵝了。

我也是。

爸爸是潮州人，大男人主義，他結交甚麼人，同誰來往，都不跟女人商議。但夫妻恩愛。後來，我知他練功夫，習神打——據說是一種請了神靈附身，便可護體，刀槍不入的武術……還有些甚麼？我卻不知道了。

我們住在店子附近的舊樓，三樓連天台。這種老房子是木樓梯的，燈很黯，但勝在地方大，樓底高。又方便下樓做生意。房子是祖上傳下來的。

天台是爸爸的秘密。

因為他的練功房便是天台搭建的小房間。練功夫很吵，常吆喝，所以有隔音設備，每當他舉重，或做大動作，便出來天台；如果習神打，便關上門拜神唸咒——他的層次有多高，有多神，我們女人一點也不清楚。

只知他為了保持功力，甚至增強，每十天半月，都「請師公上身」練刀。

有一次，我聽見他罵媽媽，語氣從未如此憤怒：

「我叫了你不要隨便進去！」

「練功房好髒，又有汗臭味，我同你清潔洗地吧。」媽反駁。

「我自己會打理。女人不要胡來！」

他暴喝：

「你聽着，沒問准我不能亂動，尤其是師公神壇——萬一你身子不乾淨，月經來時，就壞事了。」

又道：

「還毒過黑狗血！」

聽來煞氣多大，多詭秘。

而且，原來陽剛的爸爸，也有忌諱。

從此媽媽不再過問他的「嗜好」。

事實上她也忙不過來。

我們店子請了兩個人。但媽媽也得親力親為，她也清潔、洗刷、搬桌椅、下廚、招呼……總之老闆娘是打雜。甚麼都來，都摸熟門徑，連巨大的鵝都斬得頭頭是道，肢解十分成功。到了最後，爸爸是少不了她的助力，這也是女人的「心計」吧。不知誰吃定誰了。

不過工人都在月底支薪水，他們付出勞力，換取工資，這是合情合理的。只有我媽：

「我有甚麼好處？——我的薪水只是一個男人。」

她又白他一眼：

「晚上還得伴睡。」

我媽以為她終生便是活在「潮州巷」，當上群鷄之首。

爸爸忽地有了一個女嬰，沒有「經驗」，十分新鮮，把我當洋娃娃。或另一個小媽媽。

他用粗壯的手抱我，親我，用鬍子來刺我。洗澡時又愛搔我癢，水濺得一屋都是——到我稍大，三歲時，媽媽不准他幫我洗澡。

他涎着臉：

「怕甚麼？女兒根本是我身體一部份。我只是『自摸』。」

媽媽用洗澡水潑他。我加入戰圈。

有時他喝了酒，有酒氣，用一張臭嘴來烘我。長大後，我也能喝一點，不易醉，一定是兒時的薰陶。想不到三歲童稚的記憶那麼深沉。

媽媽也會扯開他。

他當天發誓來討好：

「別小器，吃女兒的醋——我謝養，不會對陳柳卿變心！」

「萬一變心呢？」

「——萬一變心，你最好自動走路！」

又是啪啪啪一頓亂打。媽媽的手總是在他的「那個部位」。

也許我最早記得男女之間的事，便是某一個晚上，天氣悶熱，我被枕上的汗潮醒。但還沒完全醒過來。迷糊中……

爸爸和媽媽沒有穿衣服，而薄被子半溜下床邊。床也發汗了。

爸爸在她身上起伏聳動。像一個屠夫。媽媽極不情願，閉目皺眉，低吟：

「好疼！怎麼還要來——」

又求他：

「你輕點……好像是有了孩子！」

爸爸呼吸沉濁。獰笑：

「女人的事我怎麼知道？哪按捺得住？剛才沒看真，我——就當提早去探——」

還沒說完，媽疼極慘然喊道：

「不好了不好了，你出來出來——」

發生甚麼事？

後來，我偶爾聽見媽媽不知同誰講電話，壓低聲線，狀至憔悴。多半是外婆：

「血崩似的，保不住——」

又說：

「我拿他沒辦法——」

又說：

「以後還想生啊⋯⋯」

又說：

「他倒掌摑了自己幾下，但又怎樣呢。沒有同他說，不說了——」

有點發愁。很快，抖擻精神到店裏去。

雖然有了我，我知道爸爸還是想要一個兒子。潮州人家重男輕女。不過他待我，算是「愛屋及烏」吧。

他倆都要做生意，便託鄰居一個唸六年級的姐姐周靜儀每天順便帶我上學放學。回家後我會自動做好功課才到店子去。

我明白唸書好。

如果我一直讀上去，我跳出大油大醬洪爐猛火的巷子機會就大些了——即使我崇拜爸爸，可我不願做另一個媽媽。尤其是見過外面知識和科技的世界。今天我回想自己的宏願，沒有後悔。

因為，爸爸亦非一個好丈夫。

每當媽媽念到他之狂妄、變心，把心思力氣花在另一個女人身上時，她惱之入骨，必須飽餐一頓，狠狠地啃肉嚼骨吮髓，以消心頭之恨。「吃」，才是最好的治療。另一方面，她一意栽培我成材，希望寄託在我身上了。

我唸書的成績中上。

我是在沒有爸爸，而媽媽又豁出去展本事把孩子帶大的情況下，考上了大學，修工商管理系。

在大學時我住宿舍，畢業後在外頭租住一個房間，方便上下班。漸漸，我已經不能適應舊樓的生涯——還有那長期丟空發出怪味的無聲無息的天台練功房，我已有很多年沒上過天台去。

爸爸沒跑掉之前，我也不敢上去，後來，當然更沒意思。

不過，我仍在每個星期六或日回家吃飯。有時同媽媽在家吃，有時在新開的店裏。我們仍然享受美味的，令人齒頰留香的滷水鵝——吃一生也不會厭！

而客人也讚賞我們的產品。

以前在鄰檔的九叔，曾不得不豎起大拇指：

「阿養的老婆好本事，奇怪，做得比以前還好吃呢。味道一流。阿養竟然揀個大陸妹，是他不識寶！」

媽媽當時正手持一根大膠喉，用水沖洗油膩的桌椅和地面。她淺笑一下：

「九叔你不要笑我了。人跑了追不回。幸好他丟下一個攤子，否則我們母女不知要不要喝西北風。月明也沒錢上大學啦！」

她又冷傲地說：

「他的東西我一直沒動過，看他是否真的永遠不回來！」

九叔他們也是夫妻檔。九嬸更站在女人一邊了：

「這種男人不回來就算了。你生意做得好，千萬不要白白給他，以免那狐狸精得益！」

「我也是這樣想。」媽強調：「他不回來找我，我就不離婚，一天都是謝太——他若要離，一定要找我的。其實我也不希望他回來，日子一樣的過。」

她的表態很矛盾——她究竟要不要再見謝養？不過，一切看來還是「被動」的。問題不是她要不要他。而是他要不要她。

大家見婦道人家那麼堅毅，基於同鄉一點江湖義氣，也很同情，沒有甚麼人來欺負——間中打點一些茶錢，請人家飽餐一頓，拎幾隻鵝走，也是有的。

媽媽越來越有「男子」氣慨。我佩服她能吃苦能忍耐。她的脖子也越來越長，像一條歷盡滄桑百味入侵的鵝頸啊。

她是會家子，最愛啃鵝頸，因為它最入味，且外柔內剛，雖那麼幼嫩，卻支撐了厚實的肉體。當鵝一隻隻掛在架子上時，也靠鵝頸令牠們姿態美妙。這爿新店，真是畢生心血。

「媽，我走了，明天得上班。」

把我送出門，目光隨我一直至老遠。我回頭還看見她，老土地叮嚀：

「小心車子。早起早睡，有空回家。」

她在我身上尋找爸爸的影子。

但，他是不回家的人。

我轉了新工。

這份新工是當秘書。

女秘書？律師樓的女秘書？

這同我唸的科目風馬牛不相及——也是我最不想幹的工作。

近半年來經濟低迷，市道不好，很多應屆的大學畢業生也找不到工作。我有兩三年工作經驗，成績也不錯，情況不致糟到「飢不擇食」。

我是在見過我老闆，唐卓旋律師之後，才決定推掉另一份的。我知道自己在幹甚麼。

——唐卓旋「本來」是我老闆。

後來不是了。

當我上班不到一星期，一個女人打電話來辦公室。

我問：

「小姐貴姓？」

「楊。」

「楊小姐是哪間公司的？有甚麼事找唐先生？可否留電話待他開會後覆你？」

我禮貌地盡本份，可她卻被惹惱了：

「你不知我是誰嗎？」

又不耐煩：

「你說是楊小姐叫他馬上來聽！」

她一定覺得女秘書是世上最可惡的中間人。比她更瞭解男朋友的檔期、行蹤、有空沒空、見誰不見誰……甚至有眼不識泰山！女秘書還掌握電話能否直駁他房間的大權？一句「開會」，她便得掛線？

她才不把我放在眼內。

唐律師得悉，忙不迭接了電話，賠盡不是。他還吩咐我：

「以後毋須對楊小姐公事公辦了。」

楊小姐不但向男人發了一頓脾氣，還用很冷傲的語氣對我說：

「你知道我是誰了，以後便不用太嚕嘛。」

「是。」

我忍下來。記住了。

我認得她的聲音。知道她的性格。也開始瞭解她有甚麼缺點男人受不了。

唐律師着我代訂晚飯餐桌餐單，都是些高貴但又清淡的菜式，例如當造的白露筍。

楊瑩是吃素的。她喜歡簡單的食物，受不了油膩。她認為人要保持敏銳、警覺、冷靜，便不能把「毒素」帶到身體去。她的原則性很強。唐卓旋說：

「她認定今時今日的動物都生活得不開心，還擔驚受怕，被屠宰前又因惶恐而產生毒素，血肉變質。人們吃得香，其實裏頭是『死氣』。」

因為相信吃肉對人沒有益處，反而令身體受罪，容易疲倦，消化時又耗盡能量，重油多糖濃味，不是飲食之道。云云。

「你呢？」我問唐卓旋：「你愛吃肉嗎？」

「我無所謂，較常吃白肉，不過素菜若新鮮又真的很可口。也許我習慣了女朋友的口味。」

唐律師笑：

「上庭前保持敏銳清醒是很重要的。」

我說：

「我知道了。」

有一天，他忽地囑咐我用他名義代送花上楊瑩家。我照做了。他強調要送白色的百合。

沒反應。也沒電話來。他打去只是錄音。手機又沒開啓。我「樂不可支」。

第二天、第三天……再送花。

送到第七天，他說：

「明天不用再送了。」

我說：

「我知道了。」

又過了兩天，他問我：

「星期日約了一些同行朋友出海，不想改期，你有空一起去嗎？」

我預先研究一下他們的航行路線。

若是往西貢的東北面，大鵬灣一帶，赤洲、弓洲、塔門洲，都面臨太平洋，可以釣魚。我還知道該處有石斑、黃腳鱲、赤鱲……等漁產。建議大家釣魚——而且楊瑩又不去，她在，大家避免殺生，沒加插這節目。

同行雖如敵國，但出海便放寬了心。

我們準備了釣竿魚絲，還有鮮蝦和青蟲做餌。還加上「誘餌粉」，味道更加吸引。

只要肯來，便有機會上鈎。

遊艇出海那天，一行八人。清晨七時半集合，本是天朗氣清，誰知到了下午，忽現陰霾，還風高浪急。

船身拋來拋去，起伏不定，釣魚的鋪排和興致也沒有了。

「本來還好有野心，釣到的魚太小，馬上放生，留個機會給後人。」在西貢釣魚，通常把較大的魚穫拎上岸，交給成行成市的酒樓代為烹調上桌。但今天沒有甚麼好東西，無法享受自己的成果。

我連忙負荊請罪：

「各位如不嫌遠，我請客，請來我家小店嚐嚐天下第一美食。」一聽是「上環」！有人已情願在西貢碼頭吃海鮮算了。我才不在乎他們。

「老闆給我一點面子——」我盯着目標，我的大魚。看，我已出動「誘餌粉」：「你又住港島，橫豎得駕車回家。他們不去是他們沒口福。」

他疑惑：

「你家開店嗎？」

又問：

「是甚麼『天下第一美食』？——你並非事必要說，但你現在的話，將來便是呈堂證供。話太滿對自己不利。」

「保證你連舌頭也吞掉！」

我知道他意動——他今天約我出海便是他的錯着了。以後，你又怎可能光吃白肉？

「你根本沒吃過好東西。」我取笑：「你是我老闆我也得這樣說。」

「別老闆前老闆後。」他笑：「我不知你也是老闆。」

在由西貢至上環的車程中，我告訴他，我和媽媽的奮鬥史。他把手絹遞給我抹掉淚水。

一看，手絹？

當今之世還有男人用手絹嗎？

——「循環再用」，多麼環保。

我們是層次不同實質一樣的同志。

我收起那手絹：

「弄髒了，不還你了。」

望着前面的車子。人家見了黃燈也衝。他停下來。

「隨便，不還沒關係，我有很多。」

我說：

「以為二三十年代的人才用手絹。」

「我鼻敏感，受不了一般紙巾的毛屑。」

太細緻了，我有點吃力。

但我還是如實告訴他，我們的故事——不能在律師跟前說謊，日後圓謊更吃力，他們記性好。

我——不——說——謊。

我斜睨他一下：

「我們比較『老百姓』，最羨慕人嬌生慣養。真的，從來沒試過……」有點感慨。

我們雖然是女人，但並不依賴，也不會隨便耍小性子，因為獨立謀生是講求人緣的。

但我們也是女人，明白做一個男人背後的女人很快樂，如果愛他，一定尊重他，可惜男人總是對女人不起——我們沒人家幸福就是了。他用力摟摟我肩膊。

不要緊，我們還有滷水鵝。

果然，滷水鵝「征服」了他的胃。

他一坐下，媽媽待如上賓。

先斬一碟滷水鵝片。駕輕就熟。

挑一隻最飽滿的鵝，滷水泡浸得金黃晶瑩，泛着油光，可以照人。用手一摸鵝胸，刀背輕彈。親切地拍拍牠的身子，放在砧板上，望中一剖，破膛後還有滷汁漏出，也不管了，已熟的鵝，攤冷了些才好揮刀起肉，去骨。嚓嚓嚓。飛快切成薄片，排列整齊，舀一勺陳滷，汁一見肉縫便鑽，轉瞬間，黑甜已侵佔鵝肉，更添顏色。遠遠聞得香味。再隨水拈一把芫荽香菜伴碟……

「媽，再來一碟帶骨的。加鵝頸。」

淨肉有淨肉好吃，但人家是食髓知味，骨頭也有骨頭的可口。

接着，廚房炒了一碟蒜茸白菜仔、一碟鵝腸鵝紅、沙爹牛肉、蠔烙、滷水豆腐（當然用滷鵝的汁）、凍蟹、胡椒豬腸豬肚湯……，還以檸檬蒸烏頭來作出海釣魚失敗的補償——以上，都不過是地道的家鄉菜，是滷水鵝的配角。鵝的香、鮮、甜、甘、嫩、滑……和一種「肉慾」的性感，一種烏黑到了盡頭的光輝燦爛，是的，他投降了。着魔一樣。

唐卓旋在冷氣開放的小店，吃得大汗淋漓，生死一線，痛快地灌了四碗潮州粥。以大力鼓掌作為這頓晚飯的句號。

我道：

「我吃自家的滷水鵝大的，吃過這黑汁，根本瞧不起外頭的次貨。」

媽媽滿意地瞅着他：

「清明前後，鵝最肥美，這滷汁也特別香。」

「是嗎？為甚麼是清明呢？」他問。

「是季節性吧，」我說：「任何動物總有一個特定的日子是狀態最好的。人也一樣啦。」

「對對，也許是這樣。」媽一個勁說：「其實我賣了十多廿年的鵝，只有經驗，沒有理論。」

「伯母才厲害呢。白手興家，不簡單。」

有男人讚美，媽媽流露久違的笑意。真正的開心。因為是男人的關係吧。

我把這意思悄悄告訴唐卓旋，他笑，又問：

「說她不簡單，其實又很簡單。」

是的。她原本就很簡單——沒有一個女人情願複雜。正如沒有一個女人是真正樂意把「事業」放在第一位。

「你爸爸喚『謝養』，照說他不可能給你改一個『謝月明』的名字。」

他問：「是不是在月明之夜有值得紀念之事？」

「不是。」

「有月亮的晚上才有你？所以謝謝它？」

「哪會如此詩意？」我故意道：「——不過因為這兩個字筆劃簡單。」

他抬頭望月。又故意：

「月亮好圓！」

「唐卓旋你比我爸爸更沒詩意！」

唐卓旋後來又介紹了一些寫食經的朋友來，以為是宣傳，誰知人家早在寫「潮州巷」的時候，已大力推介。我們還上過電視——他真笨！一個精明的律師若沒足夠的八卦，不知坊間發生過甚麼有趣事兒，他也就不過活在象牙塔中的素食者。

他祖父生日那天，我們送了二十隻滷水鵝去。親友大喜。口碑載道。

我的出身不提，但作為遠近馳名食店東主的女兒，又受過工商管理的教育（雖然在鵝身上完全用不着），是唐律師的得力助手，我是一個十分登樣的準女友。

我知道，是滷水鵝的安排。是天意。

日子過去。

我對他的工作、工餘生活、起居、喜怒哀樂，都瞭如指掌。

他手上有一單離婚官司在打，來客是名女人，他為她爭取到極佳的補償，贍養費數字驚人。

過程中，牽涉的文件足足有七大箱，我用一輛手推車盛載，像照顧嬰兒般處理——因為這官司律師費也是個驚人數字。

法官宣判那天，我累得要去按摩。

他用老闆的表情，男友的語氣：

「開公費，開公費。」

我笑：

「還得開公費去日本泡溫泉：治神經痛、關節炎，更年期提早降臨！」

也有比較棘手的是：一宗爭產的案件。一個男人死後，不知如何，冒出一個同他捱盡甘苦的「妾侍」，帶同兒子，和一份有兩名律師見證的遺囑，同元配爭奪家產。元配老太太唸佛，不知所措。

大兒子是一間車行的股東之一，與唐卓旋相熟，託他急謀對策。律師在傷腦筋。無法拒絕。

我最落力了。我怎容忍小老婆出來打倒大老婆呢？——這是一個難解的「情意結」。雖然另一個女人是付出了她的青春血淚和機會。

我咬牙切齒地說：

「唐律師，對不起，我有偏見——我是對人不對事。」

他沒好氣。權威地木着一張臉：

「所以我是律師，你不是。」又囑：「去訂七點半的戲票，讓我逃避一下。」

太好了。

電影當然由我挑揀——我知道他喜歡甚麼片種。

他喜歡那些「蕩氣迴腸」的專門欺哄無知男女的愛情片。例如「鐵達尼號」。奇怪。

散場後，我們去喝咖啡。咖啡加了白蘭地酒。所以人好像很清醒又有點醉。

我說：

「在那麼緊逼的生死關頭，最想說的話都不知從何說起了。」

他還沒自那光影騙局中回過來：

「從前的男女，比較嚮往殉情，一起化蝶，但現代最有力的愛情，是成全一方，讓他堅強活下去，活得更好——這不是犧牲，這是栽培。」

「男人比女人更做得到嗎？」

「當然。」他道：「如果我真正愛上一個人，我馬上立一張『平安紙』——」

「平安紙」是「遺囑」的輕鬆化包裝，不過交代的都是身後事。今時今日流行立「平安紙」是因為人人身邊相識或不相識的人，毫無預兆地便大去了。

我最清楚了。

「你自說自話，你的遺願誰幫你執行？」

「我在文件外加指示，同行便在我『告別』後處理啦——」

「這種事常『不告而別』的呀。」

「放心。既是『平安紙』，自有專人跟進你是否平安。」

他忽地取笑：

「咦？——你擔心甚麼？」

我沒有看他。

我的目光投放在街角的一盞路燈。悽然：

「不，我只擔心自己——如果媽媽去了，我沒有資產，沒有牽掛的人，沒有繼承者……，你看，像我這樣的人，根本不需要『平安紙』的。」

生命的悲哀是：連「平安紙」也是空白迷茫的。

我站起來：

「我們離開香港——」

「甚麼？」

我說：

「是的——到九龍。駕車上飛鵝山兜兜風吧？看你這表情！」

在飛鵝山，甜甜暖暖的黑幕籠罩下來，我們在車子上很熱烈地擁吻。

我把他的褲子拉開。

我坐到他身上去。

他像一隻仍穿着上衣的獸……

性愛應該像動物：——沒有道德、禮節、退讓可言。

把外衣扔到地面、掛到衣架，男女都是一樣的。甚至毋須把衣服全脫掉，情慾是「下等」的比較快樂。肉，往往帶血最好吃！

——這是上一代給我的教化？抑或他倆把我帶壞了？

我帶壞了一個上等人。

……

是的，日子如此過去。

一天，我又接到一個電話。

我問：

「小姐貴姓？哪間公司？有甚麼事可以留話——」

「你不知我是誰嗎？」

「對不起，我不知道。」我平淡而有禮地說：「唐先生在開會。他不聽任何電話。」

「豈有此理，甚麼意思？我會叫他把你辭掉。」

「他早已把我辭掉了。」我微笑，發出一下輕俏的聲音：「我下個月是唐太。」

——我仍然幫他接電話。當一個權威的通傳，過濾一切。大勢已去了。

我不知你是誰！

我已經不需要知道了楊——小——姐。

結婚前兩天。

媽媽要送我特別的嫁妝。

我說：

「都是新派人，還辦甚麼『嫁妝』？」

她非要送我一小桶四十七歲的滷汁。

「這是家傳之寶，祖父傳給你爸爸三十年，我也經營了十七年。」

「媽，」我聲音帶着感動：「我不要。想吃自會回來吃。同他一齊來。」

我不肯帶過去。

雖然爸爸走了，可我不是。我不會走，我會伴她一生。

「你拿着。做好東西給男人吃——它給你撐腰。」

「我不要——」

她急了：

「你一定得要——你爸爸在裏頭。」

我安慰她：

「我明白，這桶滷汁一直沒有變過，沒有換過。有他的心血，也有你的心血。」

「不，」她正色地。一字一頓：「你爸爸——在——裏——頭！」

我望定她。

她的心事從來沒寫在臉上。她那麼堅決，不准我違背，莫非她要告訴我一些甚麼？

「月明，記得有一年，我同爸爸吵得很厲害嗎？」

是的，那一年。

我正在寫 Penmanship，串英文生字，預備明天默書。我見媽媽把一封信扔到爸爸的臉上。

我們對他「包二奶」的醜事都知道了，早一陣，媽媽查他的回鄉證，又發覺他常自銀行提款，基於女人的敏感，確實是「開二廠」。媽媽也曾哭過鬧過，他一時也收斂些。但不久又按捺不住，反去得更勤。每次都提回來十幾隻鵝作幌子。

媽媽沒同他撕破臉皮，直至偷偷地搜出這封「情書」。說是「情書」，實在是「求情書」——那個女人，喚黃鳳蘭。她在汕頭，原來生了一個男孩，建邦，已有一歲。

後來我看到那封信，委婉寫着：

「謝養哥，建邦已有一歲大，在這裏住不下去。求你早日幫我們搞好單程證，母子有個投靠。不求名份，只給我們一個房間，養大邦邦，養哥你一向要男孩，現已有香燈繼後，一個已夠。兒子不能長久受鄰里取笑。

我又聽說香港讀書好些，有英文學……」

爸爸不答。

媽媽氣得雙目通紅，聲音顫抖：

「你要把狐狸精帶來香港嗎？住到我們家嗎？分給她半張床嗎？」

她用所有力氣拎起所有物件往他身上砸：「這個賤人甘心做小的，我會由她做嗎？你心中還有沒有我們母女？——有我在的一天她也沒資格，這賤人——」

「不要吵了！」爸爸咆哮：「你吵甚麼？你有資格嗎？你也沒有註冊！」

媽媽大吃一驚。

如一盤冰水把她凝成雪人。

她完全沒有想過，基本上，她也沒有名份，沒有婚書，沒有保障。她同其他女人一樣，求得一間房，半張床，如此而已。——她沒有心理準備，自己的下場好不過黃鳳蘭。而我，我比一歲的謝建邦還次一級，因為他是「香燈」！

雖然我才七歲，也曉得發抖。我沒見過大人吵得那麼兇。遍體生寒。媽媽忽然衝進廚房，用火水淋滿一身。她要自焚。正想點火柴——我大哭大叫。爸爸連忙把她抱出來，用水潑向她，沖個乾淨。他說：

「算了算了，我不要她了！」

那晚事情鬧得大，不消一天，所有街坊都自「潮州巷」中把這悲劇傳揚開去，幾乎整個上環都知道。

我們以為他斷了。

他如常打牌、飲酒、開鋪、游冬泳、買鵝、添滷、練功、神打……

他如常上大陸看他的妻兒。

刺鼻的火水味道幾天不散。——但後來也散了。

媽媽遭遇前所未有茫無頭緒的威脅。

她不但瘦了，也乾了。

但她仍如常操作，有一天過一天。每次她把滷汁中的渣滓和舊材料撈起，狠狠扔掉，那神情，就像把那個女人扔掉一樣——可是，她連那個女人長相如何也不清楚。她此生都未見過她，但她卻來搶她的男人。她用一個兒子來打倒她。她有唯一的籌碼，自己沒有。

扔掉了黃鳳蘭，難道就再沒有李鳳蘭、陳鳳蘭了嗎？

媽媽一天比一天沉默了。

在最沉默的一個晚上，左鄰右里都聽到她爆發竭斯底里的哭喊：

「你走！你走了別回來！我們母女沒有你一樣過日子！你走吧！」

說得清楚明確。驚天動地。

最後還有一下大力關門的巨響。故意地，讓全城當夜都知道媽媽被棄。

爸爸走了，一直沒有回來過。

「——爸爸沒有走。」媽媽神情有點怪異：「他死了！」

我的臉發青。

「那晚他練神打，請『師公』上身後，拿刀自斬，胸三刀，腹三刀，背三刀，頸三刀……斬完後，刀刀見血。」

他的功力不是很深厚嗎？每次練完神打，他裸着的上身只有幾道白痕，絲毫無損——但那晚，他不行了……

媽媽憋在心底十七年的秘密，一定忍得很辛苦。

她沒有救他。沒有報警。因為她知道自己救不了。他流盡了血……

以後的事我並不清楚。

在我記憶中，我被爸爸奪門而出，媽媽哭鬧不休的喧囂嚇壞了，慌亂中，那一下「砰！」的巨響更令我目瞪口呆，發不出聲音。因為，我們是徹底的失去了他！

第二天，媽媽叫我跟外婆住幾日。她說：

「我不會死。我還要把女兒帶大。」

外婆每天打幾通電話回家，媽媽都有接聽。她需要一些時間來平復心情，收拾殘局。還有，重新掌廚，開舖做生意。

是的，她只閉門大睡了三天，誰都不見不理，包括我。然後爬起床，不再傷心，不流一滴淚，咬牙出來主理業務。

那時她很累，累得像生過一場重病……

但她堅持得好狠。

原來請的兩個工人，她不滿意，非但不加薪，且借故辭掉，另外聘請。縱是生手，到底是「自己人」——小店似換過一層皮。而她，不死也得蛻層皮。

此刻，她明確地告訴我：

「你爸爸——在——裏——頭！」

我猜得出這三天，她如何拚盡力氣，克服恐懼，自困在外界聽不到任何聲息的練功房中，刀起刀落，刀起刀落。把爸爸一件一件一件……的，徹夜分批搬進那一大桶滷汁中。

他雄健的鮮血，她陰柔的鮮血，混在一起，再用慢火煎熬，冒起一個又一個的泡沫與黑汁融為一體。隨着歲月過去，越來越陳，越來越香。

也因為這樣，我家的滷水鵝，比任何一家都好吃，都無法抗拒，都一試上癮，擺脫不了。只有它，伸出一雙魔掌，揪住所有人的胃——也只有這樣，我們永遠擁有爸爸。

任他跑到天涯海角，都在裏頭，翻不過五指山。傳到下一代，再下一代……

莫名其妙地，我有一陣興奮，也有一陣噁心。我沒有嘔吐，只是乾嚎了幾下。奇怪，我竟然是這樣長大的。

我提一提眼前這小桶陪嫁的滷汁，它特別地重，特別珍貴。

經此一役，媽媽已原諒了爸爸。他在冥冥中贖了罪。

「你竟然不覺得意外？」媽媽陰晴不定：「你不怪責媽媽？」

怎會呢？

我一點也不意外。

一點也不。

媽媽，我此生也不會讓你知道：在事情發生的前一個晚上……

我看見了——

我看見了——

媽媽，我看見你悄悄上了天台，悄悄打開練功房的門，取出一塊用過的染了大片腥紅的衛生巾，你把經血抹在刀上，抹得很仔細、均勻。刀口刀背都不遺漏。當年，我不明白你做甚麼。現在，我才得悉為甚麼連最毒的黑狗血都不怕的爸爸，他的刀破了封。他的刀把自己斬死。

——當然是他自斬。以媽媽你一個小女人，哪有這能力？

我不明白。但我記得。

媽媽，人人都有不可告人的秘密，你有，我也有。不要緊，除了它在午夜發出不解的哀鳴，世上沒有人揭得開四十七歲的滷汁之謎。電視台的美食節目主持人太天真了。

我們是深謀遠慮旗鼓相當的母女。同病相憐，為勢所逼——也不知被男人，抑或被女人所逼，我們永遠同一陣線。

因為我們流着相同的血。

吃着相同的肉。

「媽媽，」我擁抱她：「你放心，我會過得好好的，我不會讓男人有機會欺負我。」

她點點頭，仍然沒有淚水。

「這樣就好。」

她把那小桶滷汁傳到我手中，叮囑：

「小心，不要潑瀉了。不夠還有。」

——在那一刻，我知道，她仍是深愛着爸爸的。

她不過用腥甜、陰沉而兇猛的恨來掩飾吧……

www.cosmosbooks.com.hk

天地

書　　名	妒魔
作　　者	李碧華
責任編輯	吳惠芬
裝　　幀	天地美術部
美術編輯	郭志民
出　　版	天地圖書有限公司 香港黃竹坑道46號新興工業大廈11樓（總寫字樓） 電話：2528 3671　傳真：2865 2609 香港灣仔莊士敦道30號地庫（門市部） 電話：2865 0708　傳真：2861 1541
發　　行	聯合新零售（香港）有限公司 香港新界荃灣德士古道220-248號 荃灣工業中心16樓 電話：2150 2100　傳真：2407 3062
初版日期	2022年7月・香港

ISBN 978-988-8550-46-3

（新書）

李碧華

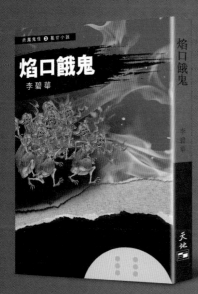

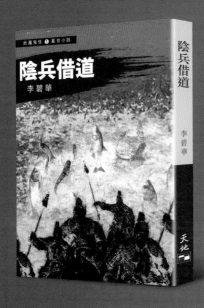

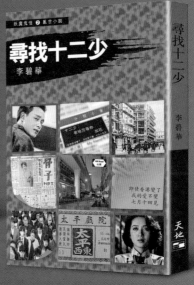

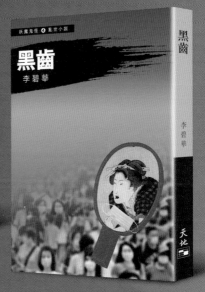

萬般滋味 系列

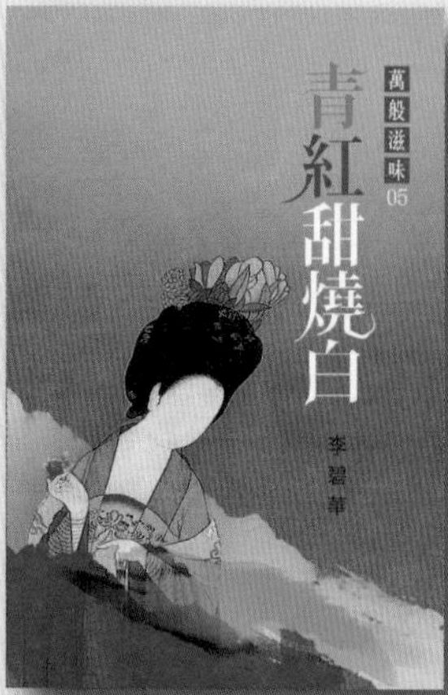

05 青紅甜燒白

07 白露憂遁草

06 香橙一夜乾

08 九鬼貓薄荷

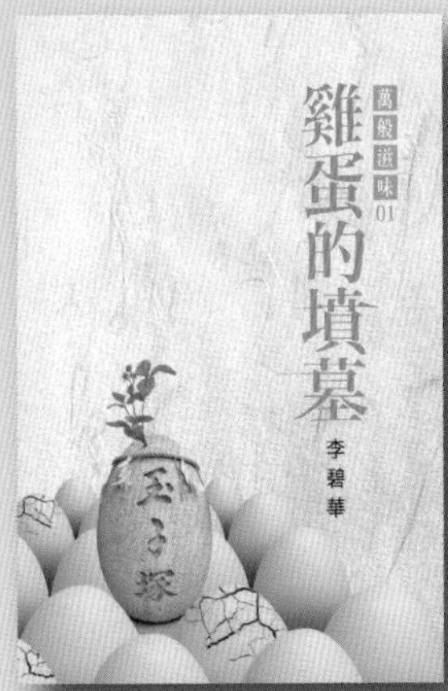

01 雞蛋的墳墓

03 恐怖送肉糭

02 金蘋玉五郎

04 煙霞黑吃黑

李碧華 作品

1 白開水（散文）
2 爆竹煙花（訪問遊記散文）
3 紅 塵（散文）
4 青紅皂白（散文）
5 胭脂扣（小説）
6 霸王別姬（小説）
7 色 相（一零八個女人）
8 青 蛇（小説）
9 戲 弄（散文）
10 鏡 花（散文）
11 糾 纏（小説）
12 生死橋（小説）
13 幽 會（散文）
14 白 髮（散文）
15 潘金蓮之前世今生（小説）
16 秦俑（小説）
17 綠腰（散文）
18 个体戶（散文）
19 天安門舊魄新魂（小説）
20 滿洲國妖艷——川島芳子（小説）
21 不但而且只有（散文）
22 江湖（散文）
23 變卦（散文）
24 霸王別姬新版本（小説）
25 南泉斬貓（散文）
26 好男人不過是一瓶好的驅風油（長短句）
27 恨也需要動用感情（長短句）
28 中國男人（散文）
29 水袖（散文）
30 誘僧（小説）
31 草書（散文）
32 潑墨（散文）
33 泡沫紅茶（散文）
34 蝴蝶十大罪狀（散文）
35 基情十一刀（散文）
36 吃貓的男人（小説）
37 聰明丸（長短句）
38 咳出一隻高跟鞋（散文）
39 630電車之旅（最後紀錄）
40 吃眼睛的女人（小説）
41 八十八夜（散文）
42 荔枝債（小説）
43 流星雨解毒片（小説）
44 給拉麵加一片檸檬（飲食檔案）
45 有點火（散文）
46 逆插桃花（小説）
47 女巫詞典
48 藍狐別心軟（散文）
49 橘子不要哭（散文）
50 煙花三月（紀實小説）
51 水雲散髮（飲食檔案）
52 夢之浮橋（散文）
53 礦泉水新版本（散文）
54 凌遲（小説）
55 真假美人湯（散文）
56 牡丹蜘蛛麵（飲食檔案）
57 赤狐花貓眼（小説）
58 涼風秋月夜（散文）

59 櫻桃青衣（小說）
60 如痴如醉（散文）
61 把帶血刀子包起來（散文）
62 鴉片粉圓（散文）
63 還是情願痛（散文）
64 紅袍蠍子糖（飲食檔案）
65 人盡可呼（散文）
66 新歡（小說）
67 風流花吹雪（散文）
68 餃子（小說）
69 紅耳墜（散文）
70 黑眼線（散文）
71 最後一塊菊花糕（小說）
72 蟹殼黃的痣（飲食檔案）
73 焚風一把青（飲食檔案）
74 女巫法律詞典
75 緣份透支（散文）
76 季節限定（散文）
77 給母親的短柬（博客留言結集）
78 紫禁城的女鬼（小說）
79 七滴甜水（散文）
80 一夜浮花（散文）
81 生命是個面紙盒（散文）
82 西門慶快餐（飲食檔案）
83 青黛（散文）
84 枕妖（小說）
85 歡喜就好（散文）
86 火燒愛窩窩（飲食檔案）
87 三尺三寸（散文・攝影）
88 奇幻夜（怪談精選集）
89 迷離夜（怪談精選集）
90 冷月夜（怪談精選集）
91 妖夢夜（怪談精選集）
92 幽寂夜（怪談精選集）
93 紫雨夜（怪談精選集）
94 寒星夜（怪談精選集）
95 梅花受騙了（散文・攝影）
96 未經預約（小說）
97 52號的殺氣（散文・攝影）
98 十種矛盾的快樂（散文・攝影）
99 天天都在「準備中」（散文・攝影）
100 冰蠶（小說）
101 一杯清朝的紅茶（散文）
102 細腰（散文）
103 羊眼包子（小說）
104 裸着來裸着去（散文）
105 喜材（小說）
106 虎落笛之悲鳴（散文）
107 藍蘋夜訪江青（散文）
108 烏鱧（小說）
109 離奇（小說）
110 不見了（散文）
111 雞蛋的墳墓（萬般滋味）
112 金蘋玉五郎（萬般滋味）
113 誰是前世埋你的人？（散文）
114 紅緞荷包（小說）
115 恐怖送肉糭（萬般滋味）
116 煙霞黑吃黑（萬般滋味）
117 青紅甜燒白（萬般滋味）
118 人骨琵琶啟示錄（散文）
119 香橙一夜乾（萬般滋味）
120 白露憂遁草（萬般滋味）
121 九鬼貓薄荷（萬般滋味）
122 午夜飛頭備忘錄（散文）
123 陰兵借道（小說）
124 尋找十二少（小說）
125 焰口餓鬼（小說）
126 黑齒（小說）
127 妒魔（小說）